鞋匠哲學家和放空小嵐

冀劍制◎著

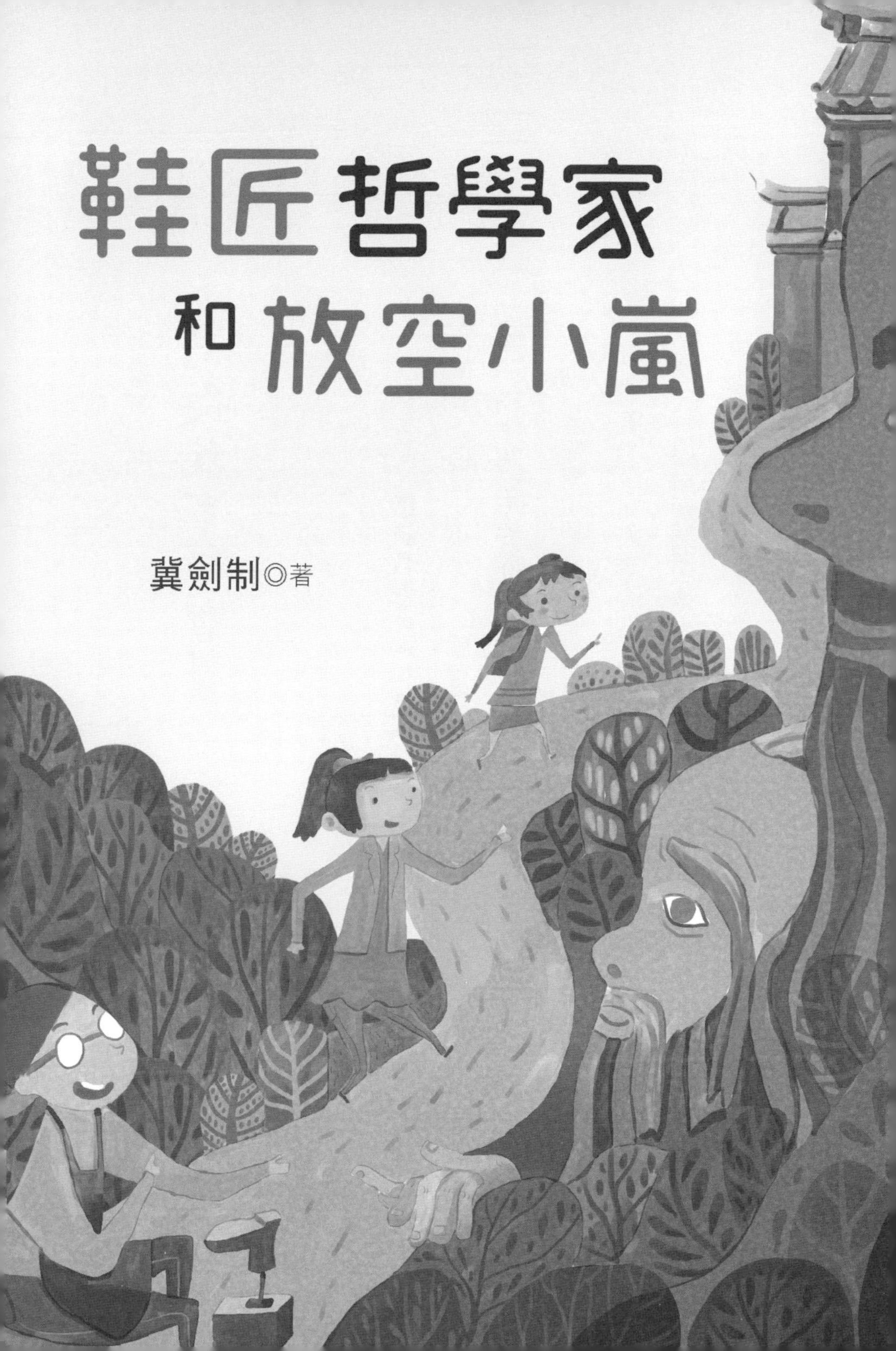

◆自序◆

從故事學哲學

我猜想，應該有很多人和這個故事裡的放空小嵐一樣，從小就愛胡思亂想，而且一不小心，就會沉浸在自己的想像世界裡。故事中，愛亂想的小嵐和愛思考的小妍是不同的人，兩者似乎截然不同。然而，愛思考的哲學家難道不就是一群喜歡胡思亂想的人嗎？

想像力，是創造力的源頭。而新思維的創造，一樣需要想像力。只不過，哲學所需的想像力不能只是漫無目的向外延伸，它需要刻意引導，才能流向智慧的湖泊。

從小就愛胡思亂想的我，在學了哲學之後，就常常在想，如果某些

不同時空的哲學家相遇，將會激發出什麼樣的火花呢？就像在這個故事裡，當孔子遇見蘇格拉底，他們會有什麼樣的對話？這種問題光是隨意想想，都樂趣無窮。

尤其在故事的結尾，蘇格拉底有急事要回希臘，但文中並沒有提到什麼急事。不知是否有人會因好奇心驅使而展開想像的羽翼，「到底什麼事情這麼緊急呢？」事實上，在我胡思亂想的世界裡，是有解答的，只是在故事中找不到適當的脈絡寫出來。答案是有一位名叫尼采的年輕哲學家，跑到柏拉圖（蘇格拉底弟子）創辦的雅典學院挑戰，柏拉圖與學院派眾人因招架不住而向蘇格拉底求助。

那麼，尼采和柏拉圖辯論些什麼？在哪些點上，柏拉圖會招架不住？又在哪些點上，蘇格拉底可能可以救援成功？當尼采和蘇格拉底對決時，又會是什麼樣的戰況？這些問題真令人神往，而且，說不定在某個未知世界裡，這樣的故事正在上演。

近年來，許多哲學知識在臺灣社會越來越常被討論，也越來越多人發現哲學的價值。學習哲學逐漸成了社會新時尚。然而，目前哲學普及的讀物雖然很多，但學習依舊不易。尤其年紀越小，難度越高。所以，如果可以透過故事學哲學，不僅能降低哲學的難度、提升其趣味，甚至還能更加傳神的表達某些觀念。基於這個理念，以及許多機緣巧合，我大約從兩年前開始嘗試創作。

剛開始，我對故事本身的要求並不高，因為目的只是便於學習，故事本身不是重點，只要不要太無聊就行了。可是，在想像的世界中，故事情節的發展常常喧賓奪主，有時過於投入而忘了原本的目的。就在故事與哲學互相爭奪地盤的拉鋸中，逐步走向劇情的終點。

更有趣的是，雖然我寫故事的經驗並不多，但卻幾乎都有一種很神奇的體驗。總覺得我並非這些哲學故事的創造者，而是挖掘者，它們似乎擁有自己的生命，自由竄進我的思維，在指尖與鍵盤的旋律裡，從文字間攫取靈魂而獲得重生。真希望這種有趣的寫作經驗，可以一直持續下去。

這本書的完成與出版，主要歸功於幼獅文化公司的邀稿。寫作期間也獲得許多朋友的幫助，改掉不少缺失。我個人其實還滿喜歡這整個故事，也對裡面能夠呈現出來的哲學思想感到欣慰，期待真能達成讓讀者「從故事學哲學」的目的。

學習哲學，功效是緩慢的，像是醞釀一座火山，雖然靜靜躺在知識的泥沼上，看似平淡無奇，但地底熔岩不斷在思考中激盪，或許在某個星光午夜，火山將如煙火般噴發，讓智慧的光，照亮你我的生命道路。

冀劍制

2018年春分，於風雨中的華梵大學

目錄

放空小嵐

「明天班上要玩交換禮物的活動，每人帶一份禮物，互相亂丟，丟中誰就是誰的。」正在讀小學五年級的小嵐放學回家後，很興奮的跟媽媽這麼說。

媽媽聽了一頭霧水，「怎麼會亂丟禮物呢？」

「老師就是這麼說的啊！這是最新玩法。」小嵐回答。

今年剛升國中的姊姊小妍在旁聽到後，想了一想，便說：「可能是禮物要『亂』擺，讓大家不知道是誰帶來的，然後『丟』骰子決定可以得到哪一個。」

因為小嵐常常放空，胡思亂想，所以很容易弄錯，姊姊小妍就會幫她想，「到底事實是什麼呢？」小妍覺得這就像猜謎一樣有趣，也當作一種思考的遊戲。

媽媽打電話去問老師，果然正如小妍說的。原來小妍班上以前也這樣玩過，所以才會猜中。

「唉！都高年級了，還老是放空。長大後怎麼辦呢？」媽媽很擔心小嵐的未來。

「現在這樣以後不一定會這樣呀！雖然小嵐現在老是放空，但以後不一定都會放空，不用太擔心啦！」小妍說。

媽媽想了想，覺得很有道理，很多事情長大後就會改變了，就讓她順其自然成長再看看吧！

媽媽讚許說，「小妍真是聰明！」

小妍開心的笑了笑，沒說什麼。其實之前她跟街口修鞋店老闆阿德聊天時也說過一樣擔心小嵐長大後怎麼辦的話，但阿德提醒她，「現在這樣以後不一定會這樣。」阿德還教她類似的思考法則：「以前這樣，不代表現在也會這樣。」以及「少數這樣，不代表全部這樣。」阿德說，這些都叫做「以偏概全的謬誤」，就是只看到少數就以為其他都一樣，但事實上卻不一定如此。他說，之前有人看到他開店賺錢，就「以偏概全」的以為開越多店就賺越多，勸他多開幾間分店，還好他沒開，因為現在修鞋的人越來越少了，如果開分店只會賠得很慘。所以，錯誤推理是很可怕的。

這個「以偏概全」的知識是小妍前幾天才剛學會的，想不到這麼快就派上用場，她感到非常高興。

阿德說他以前學過哲學，很會思考，都說自己是「哲學家鞋匠」。小妍常常跑去跟阿德聊天學哲學，也說自己是「哲學家少女」。

小妍又想起阿德常說，「學習思考一定要舉一反三，看到一個例子後就要再多想幾個例子，這樣才能記住。」所以，小妍說完後就一直想著還要舉哪些例子。

這時，小嵐想到要準備什麼禮物了，「我想要買一隻兔子布娃娃當禮物，因為去年兔子布娃娃很受歡迎。而且布娃娃丟到人也比較不會痛。」

「剛剛不是已經說沒有要把禮物拿來丟人了嗎？」媽媽發現小嵐又在放空了，才講過的話也沒好好聽進去，實在很無奈。

「以前這樣，不代表現在也會這樣。」小妍聽了小嵐的話，發現可以舉一反三的例子。她接著說：「以前兔子布娃娃受歡迎，不代表現在也會受歡迎啊！」

小嵐這次有聽進去了，她想了一會兒，覺得很有道理，就點點頭說：「因為去年有個同學養了一隻很可愛的小白兔，還帶到學校來給大家看，所以兔子布娃娃很受歡迎。今年就不一定是這樣了。」

「而且說不定大家都這麼想，都去買兔子布娃娃，太多就不稀奇了。」小妍接著說。

「那要買什麼當禮物呢？」喜歡胡思亂想的小嵐心裡浮現很多奇怪的東西，像是巫婆、吸血鬼、還有鍋子和水泥磚。

「送一本書好嗎？」喜歡看書的小妍提議，「就送哲學書好了！」

「自己都不喜歡的東西還想送給別人！」小嵐不以為然的說。

「我哪有不喜歡，我書架上有好幾本哲學書呢。」

「可是妳買了又沒在看，還不都只看漫畫。」

「我買了是要等到想看的時候看啊！」被小嵐發現自己都沒看，小妍只好這樣解釋。其實小妍的確有想學哲學，只是看不太懂，只好放在一旁。

「現在這樣不代表以後也會這樣啊！」小妍突然發現這也可以舉一反三，很高興的說，「現在沒看，不代表以後不會看喔！以為我以後也不看是錯誤推理。」

「那我買一本漫畫當禮物好了。收到的人現在就可以看，以後也可以看。」小嵐覺得還是送別人現在就會喜歡的東西比較好。

小妍也覺得這想法不錯。不然送別人不想看的書，說不定會被錯誤推理的人丟掉，因為收到的人說不定會以為現在不喜歡以後也會不喜歡。

「那我們一起去街上的書店買書吧！」小妍也想去逛書店，就約小嵐一起去。

但媽媽叮嚀說，「妳們不要太晚回來！早餐店的王阿姨生病了，明天開始我要去幫忙三天，爸爸也要到臺北出差幾天，不能載妳們去學校，你們要自己早點起床。」

小妍會騎腳踏車上學，比較沒有問題，但小嵐還沒學會騎腳踏車，只能走路去。雖然不算遠，但小嵐很容易走到一半就放空走錯路。所以小妍擔心的說，「可是小嵐認識路嗎？」

「我都有記得去學校的路。」小嵐很肯定的回答。但其實不只小妍擔心，媽媽也很擔心。不過也沒辦法，就讓她走走看吧！

「以偏概全」的謬誤

哲學家鞋匠阿德說：「以偏概全是一種錯誤的推理型態，只看到部分，就以為全部都一樣。例如，看到一個外國人很有禮貌，就以為外國人都很有禮貌。或是看到新來的轉學生考試考不好，就以為這個轉學生以後都會考不好。這種錯誤推理在日常生活中很容易產生。從過去推理現在，或從現在推理未來，也都屬於以偏概全。另外，不一定要推理到全部，從少數推理多數也一樣可以算是以偏概全。要提升這個謬誤的辨識能力，就是要在日常生活中多尋找例子，找到越多，辨識力越強。」

泰坦星
聽說有一個星球叫做地球，跟我們泰坦星很類似。今天我們要去探測地球上的高等生物，人類的智商……
如果人類的智商高過我們，我們就要發動戰爭消滅人類……
嗶……
偵測到人類的智商了。
呼叫總部，已偵測到人類的智商！短路非常嚴重，對我們泰坦星不會造成威脅！
呵……

二 學校不見了

隔天，媽媽一大早就去早餐店幫忙，爸爸也要趕早班火車去臺北。他要先搭臺鐵的區間車到高雄，再轉高鐵到臺北，交通算是有點麻煩。小妍吃完早餐後就騎著腳踏車出門了，小嵐也跟著慢慢往學校走過去。

走著走著，左轉右轉，一路很順暢。小嵐很得意自己都知道路，而且因為媽媽昨天一直提醒不要放空亂走，以免迷路，所以她今天走路特別認真。可是很奇怪，一路上都沒看到同學，不過想想，不只沒看到同學，就連其他班上的學生也沒見著。「奇怪，大家都還沒起床嗎？還是已經到學校了呢？」小嵐心裡納悶著，不知不覺走到最後一個轉角，彎過去後，嚇了一跳，「學校不見了！」

原本的校園變成了稻田，校門變成了水塘，「怎麼會這樣呢？」小嵐驚訝地站在應該是校門口的水塘前疑惑著，「好像有看過一個漫畫，學校在一場爆炸中突然不見了，漂流到未來世界，所以一群小朋友就開始在未來世界生活。會不會我們學校也漂流到別的地方呢？說不定漂流到泰坦星去了。」

泰坦星是土星的一顆衛星，有點像是地球的月亮。泰坦星有和地球類似的大氣層，科學家說可以把它建造成適合人類居住的星球，等到以後太陽變紅變膨脹，把地球整個蓋住時，人類就可以移民到那邊去了。所以，小嵐常常會幻想自己住在泰坦星上，看到好多顆月亮，旁邊還有一個很大顆的土星。

「啊！太晚來學校了！不然就可以去泰坦星了。」小嵐常常把想像當真，她腦海裡已經浮現自己在夜裡上課，看著窗外美麗星空的畫面。想像的畫面真的很迷人，有時小嵐不小心就沉浸在自己的世界裡。於是，她拿出筆記本，開始畫學校漂流到泰坦星的模樣。

畫著畫著，不知不覺過了一個小時，突然聽到國歌響起，「三──民──主──義──」。

「怪了，怎麼會有國歌呢？」小嵐站起來東張西望，「是學校在放國歌嗎？會不會其實學校沒有漂流到泰坦星，而是隱形了呢？」小嵐伸手向前一摸，什麼也沒摸到，即使她彎身向前努力把手伸出去，也還是只有空氣，而且還重心不穩差點摔到水塘裡。小嵐趕快遠離水塘，走進旁邊的田埂小路，一路上小青蛙到處跳進田裡，但也一樣見不到學校的半點蹤影。國歌還是繼續播放著。

「啊！是手機！」小嵐突然想起來，她前幾天把手機鈴聲改成國歌，但因為沒人打電話給她，自己都忘記了。於是趕緊從書包裡拿出手機，發現是媽媽打來的，她很開心的接起電話說，「學校漂流到泰坦星了。」但媽媽卻說，「學校老師打電話來說妳還沒去上學，是不是走錯路了？」

問清楚小嵐的所在地後，媽媽趕快騎機車來載她，發現小嵐根本走到和學校相反的方向去了，也不知為什麼她會自以為走的路沒錯，只是學校漂到外太空去了。媽媽不禁嘆口氣，再一次為小嵐的放空感到很傷腦筋。

到學校後，正是第一節的下課時間，交換禮物的活動已經結束了。有同學跑來問小嵐是不是也買了兔子布娃娃，因為全班三十個人中，竟然有十三個人帶這個禮物來，還有人換到和自己一模一樣的，大家都覺得好好笑。有好幾個同學說要和小嵐交換禮物，尤其拿到兔子娃娃的都想要換。因為東西多了，就會覺得很沒有價值。可是小嵐不這麼覺得，所以很高興的換到一個穿著藍色衣服的兔子娃娃。

「為什麼去年大家搶著要兔子娃娃，今年有很多，大家就都不喜歡了呢？」小嵐覺得很奇怪，但想不出答案。

回到家裡，小嵐問小妍為什麼會這樣。小妍說，「那是因為物以稀為貴啊？意思是說，東西越稀少，就會越貴重！」

這時，小嵐心裡浮出一個畫面，「一隻兔子躺在草地上很重爬不起來，一群兔子手牽手圍在一起就可以浮起來飄在半空中。」

「為什麼東西少就會很重呢？」小嵐還是覺得很奇怪。

「不是很重！是很貴重，是很有價值的意思。」小妍接著解釋，

「雖然是一樣的字，可是意思不同就不能亂用，不然就會有錯誤推理。」

小妍又想起之前阿德說的：「歧義的謬誤。」「歧義」是指一個字、一個詞、一句話、或是一個手勢都可以有不同的意思，當人們用不同的意思在推理的時候，就會造成誤解。當時阿德舉了一個例子來說明。有一天，兩個人路過阿德店門口，其中一個人說，「修鞋沒有用！」阿德聽了很生氣跑出去跟人理論，「修鞋是很棒的工作，可以讓人把壞掉不能穿的鞋子修好，怎麼可以輕視他的工作，說這沒用呢？」後來路人解釋說，他不是說修鞋這個工作沒有用，而是說他的鞋壞得太嚴重，已經沒辦法修了。「啊！原來是這樣啊！」阿德很不好意思地跟人道歉。所以他說，「語言很容易誤解，一定要小心才不會犯歧義的謬誤，不然就糗大了。」

「可是還是很奇怪，為什麼東西少了就會變貴呢？」小嵐還是不了解。

小妍想了想，覺得好像本來就是這樣，可是也覺得很奇怪，因為有些東西很少見，可是也不貴啊，像是有些流浪貓的花色是獨一無二的，可是還不是沒人要認養。為什麼會這樣呢？「嗯！下次去問阿德好了！」

為什麼物以稀為貴呢？

哲學家鞋匠阿德向小妍解釋說：「東西少不一定就會貴，要看有多少人想要。如果「供過於求」，也就是東西的數量比想要的人還多，那這東西就會多餘剩下，價值就降低了。但如果「求過於供」，想要的人比東西的數量還多，那大家就會搶著要，價值自然就變高了。所以，就算小嵐班上有十三隻兔子娃娃，但如果全班都搶著要，還是會覺得很有價值。」

歧義的謬誤

哲學家鞋匠阿德又再補充說：「人們在溝通時，會使用語言、文字、圖形、表情、或是手勢，這些都可以算是『符號』。但這些符號都可能有不同的意思。如果表達者和接收者對某個符號解讀不同，就會造成誤解。推理時如果有不同的意思被使用，就會產生歧義的謬誤。這種事在生活中常常發生，一定要小心把事情說清楚，如果覺得可能有誤解，寧願多解釋，也不要不管。因為有時誤解會導致嚴重的後果。」

哇！您就是大名鼎鼎的「導盲犬」吧！
不敢當啦！我們是幫助視障的朋友到他們想去的地方……
算是工作犬吧！
太酷了！
你跟我們一樣是導盲犬嗎？
我的主人每天都茫茫然在放空，連學校的路都認不得，我要每天帶她上學，算是導「茫」犬吧！

三 神祕禮物

晚餐過後，小嵐打開書包準備寫作業，順手把今天交換到的兔子布娃娃拿出來，「咦？明明換到的是穿藍色衣服，怎麼變成紅色了？」小妍聽到後也走過來，看著紅衣兔子，開始想，「為什麼衣服會變色呢？」

「我知道了，兔子是穿會變色的衣服！」小嵐腦海裡浮現兔子的衣服上有個按鈕，像是美少女戰士一樣，按一下就會變成不同顏色，而且變裝時還會有特別的音樂。所以小嵐翻來翻去，想找出按鈕。

「原因不一定是這樣！」小妍大聲中斷小嵐的想像，接著說，

「阿德說這叫做『輕率因果連結的謬誤』，意思是說，很草率的找一個原因來解釋發生的事情。因為，就算有這種衣服，布娃娃也不會自己換顏色，所以這個推理不對。」

小妍想了想又說：「我覺得應該是，兔子娃娃有兩件衣服，外面那件是藍色的，裡面是紅色的。藍色那件被書包裡其他東西擠掉了。所以只剩下紅色衣服。沒錯！一定是這樣。」小妍覺得這個答案很有道理，所以很肯定的這麼說。

「原因不一定是這樣！」小嵐也不甘示弱，「妳也犯了『輕率連連看的錯誤』！」

「哈哈哈，是『輕率因果連結的謬誤』啦！」小妍聽到小嵐說成「輕率連連看」覺得很好笑。

「反正妳說的是錯的。布娃娃都只穿一件衣服，哪有穿兩件的。」小嵐說。

「那妳在書包裡找找看不就知道了！」雖然小妍也同意布娃娃有兩件衣服的確有點奇怪，可是也想不到其他更合理的解答，所以還是覺得是這樣。

小嵐把手伸進書包裡，想找找看有沒有兔子衣服，結果很意外的卻拿出另一隻兔子布娃娃，而且這隻穿著綠色衣服。

「怎麼會這樣？為什麼有兩隻？而且還都不是藍色的！」小嵐一臉茫然。

小妍看到後也覺得莫名其妙，正在思考究竟是怎麼一回事時，看見小嵐又從書包裡拿出一隻穿著黃色衣服的兔子布娃娃。感覺好像在變魔術一樣，正在目瞪口呆時，小嵐又拿出一隻紫色衣服的兔子娃娃，最後才拿出一隻藍色的。

「一、二、三、四、五，總共五隻。」小嵐搔搔頭，「為什麼會這樣呢？」

「好厲害！一本漫畫換五隻兔子娃娃！」小妍覺得小嵐真厲害。

「可是我明明只換到一隻啊！為什麼會變成五隻呢？」小嵐覺得無法理解。

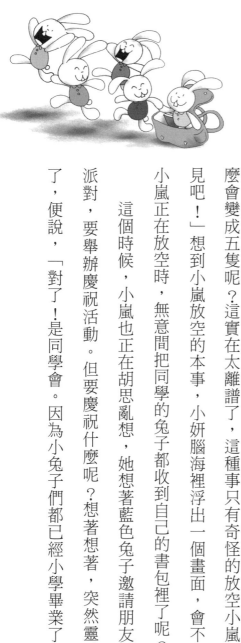

「這個嘛……」小妍覺得這題挑戰很大，心裡想著，「一隻為什麼會變成五隻呢？這實在太離譜了，這種事只有奇怪的放空小嵐會遇見吧！」想到小嵐放空的本事，小妍腦海裡浮出一個畫面，會不會是小嵐正在放空時，無意間把同學的兔子都收到自己的書包裡了呢？

這個時候，小嵐也正在胡思亂想，她想著藍色兔子邀請朋友來辦派對，要舉辦慶祝活動。但要慶祝什麼呢？想著想著，突然靈感來了，便說，「對了！是同學會。因為小兔子們都已經小學畢業了，很久沒見面，所以要辦活動聚在一起聊天。就像小妍上個月也有辦同學會一樣。」

小妍聽了覺得很好笑，「別胡思亂想了！兔子布娃娃又不用上學，一定是你拿了別人的了，趕快問一下妳的同學，不然人家會說妳偷東西。」

小嵐聽了也很緊張，趕快上網到班上的群組發問，很快就有同學回應了。

班上群組
小嵐
有沒有人掉兔子娃娃呢？我書包裡有五隻，穿著紅、黃、藍、綠、紫的衣服，藍色的是我的，其他顏色的不知是誰的？
小嫻
我的紅衣服的還在喔。
小言
我沒有兔子，我換到的禮物是大便造型的杯子。
錢錢
我的黃衣服的還在喔。
佳佳
我的黃衣服的也還在。
茉莉
我的紫衣服的還在喔。
威宏
紅衣沒掉。
小強
我的黃衣兔也帶回家了。
阿揪
我的綠衣服的還在喔。
月亮
我的花衣兔也回家了。
小羊
我的兔子是沒穿衣服的。
小龍
我的留在阿嬤家沒帶回來。
中中
我的藍衣兔也還在。
小紅
我的是粉紅色衣服的。

看了同學們的回覆，小嵐總算鬆了一口氣：「小妍亂說害我嚇一跳！大家的兔子都沒有不見啊！可是為什麼會多出四隻兔子娃娃呢？」

小妍看了小嵐的電腦畫面後，發現有個奇怪的地方。其中四個人都用一樣的表情符號，而且回答的方式也都一樣，好像串通好了一樣。而且，四個人的顏色剛好就是多出來的四隻兔子。「嗯——，這裡面一定有問題！」於是，小妍坐到電腦前用小嵐的名字又發了一個訊息：

「哈哈，果然是他們四個搞的鬼。」小妍接著說：「他們大概趁妳在放空的時候，偷偷把不想要的兔子娃娃塞到妳的書包裡，想要讓妳回家時嚇一跳。看來，小嫻是主謀，因為都是她第一個回覆訊息。」

「原來是這樣喔！」小嵐也搞清楚怎麼回事了。不過她並沒有生氣，反而很高興，因為這樣她就有五隻不同顏色的兔子娃娃了。

「小嫻就是那個籃球隊隊長嗎？」小妍問。

「對啊！她很厲害喔，五年級就當隊長，今年還帶隊拿到全縣第一，而且還是得分最多的球員，大家都說她是籃球隊救世主。」小嵐回答。

小妍提議說：「那我們下次也想個有趣的方式送她東西吧！有空調查一下她比較喜歡什麼。」

小嵐點頭說好。接著就拿一塊漂亮的毛巾墊在書桌上，五隻兔子靠著牆壁坐好，不同顏色擺在一起非常好看，帶著好心情，唱著歌，開始寫作業了。

「輕率因果連結」的謬誤

哲學家鞋匠阿德說：「當我們遇見一個奇怪的事情時，總是習慣去想為什麼會發生這樣的事情，這時就會去找一個自己覺得最有道理的解答，並且把它當作事情發生的原因。」他舉例說，有一天，晚上算帳時，發現少了五百元，就以為是被人偷走了，於是很生氣的在想到底是誰偷了錢，懷疑東、懷疑西的得罪好多人。結果隔天有人拿五百元來還他，說他找錯錢了。所以，阿德說，不要太輕率的斷定什麼事情發生的原因一定是什麼，要更謹慎思考，才不會犯錯。

我喜歡藍衣服的兔子！
我喜歡紅衣的兔子……
嗯，媽媽我喜歡紫色衣服的兔子……
嘿……爸爸我最喜歡兔女郎喔……

四 花在背後做鬼臉

媽媽去早餐店幫忙的第二天早上，小妍牽著腳踏車，帶著小嵐一起走去學校，並要她沿路記下路標，就像「到了阿德鞋店門口要左轉。」

這時，阿德正好走出來跟她們打招呼，「早啊！在學習記路啊！學習記路和學習思考是一樣的，都是要記住一些特徵，然後，朝著正確的思路前進。」阿德邊說邊做出往前進攻的手勢，彷彿把自己想像成在戰場上指揮的將軍。小妍和小嵐看著他，笑了笑。阿德也覺得自己的動作有點蠢，只好摸著頭，接著說，「就好像發現自己正在做因果推理時，要想一想『原因不一定是這樣』，就自然會去想正確的原因到底是什麼，也就比較不會推理錯了！」

小妍覺得這個比喻很有道理，「對呀！我們昨天在想到底為什麼小嵐書包裡有五隻兔子娃娃時，就是採用這種方法，後來終於找到答案，原來是四個同學一起惡作劇。」

小嵐接著說，「而且還找到主謀是小嫻！因為她都第一個回話。」

阿德搖搖頭，「不！不！不！主謀不一定是小嫻喔！這裡也可以套用『原因不一定是這樣』。不能只因為小嫻第一個回話，就說她是主謀，最多只能說她打字很快，或者正好沒事，也說不定是很喜歡回應。主謀有可能是別人。」

聽完阿德的話，小妍覺得很有道理，「那究竟主謀是誰呢？」她想了想，接著說，「說不定沒有主謀，可能有個不喜歡兔子娃娃的人知道小嵐喜歡，就趁小嵐放空時偷偷把自己的兔子塞進她的書包裡，其他人覺得很好玩就跟著做。」小妍突然覺得這樣好像比較合理。因為這種事根本就不用事先串通好啊！

阿德聽完鼓掌說，「沒錯！沒錯！這樣就更有道理了。思考最重要的就是不斷尋找更有道理的推測，因為越有道理就越接近真理。小妍越來越會推理囉。」

小妍聽了很高興，「原來昨天又做了一個『輕率因果連結的謬誤』，自己都沒發現，要避免錯誤思考還真是不容易呢！」

「哈哈……」阿德大笑，「其實根本就沒辦法避免。訓練思考的目的只能盡量減少錯誤推理，因為只要一不小心就會推理錯了，而且自己還不容易發現。其實就算很小心，一樣可能會錯。這是以前上課時一位哲學老教授說的。他說自己訓練思考五十年還是會犯謬誤。所以，凡事不要太肯定，最好可以多聽聽別人的意見，因為自己的錯誤推理，很可能會被別人發現，如果願意聽人意見，就可以減少錯誤的機會了。」

當小妍和阿德在講話時，小嵐又放空了。她的時間停留在「小嫻不是主謀」那裡，所以又開始胡思亂想，「說不定主謀是藍色兔子，因為它是兔子族的酋長」，或者「說不定書包才是主謀，書包肚子餓了就把兔子吃掉」，也或者「有紅蘿蔔跑到書包裡，所以兔子都跑進來」，也說不定「兔子迷路了，所以跟著藍色兔子走。」但這些答案好像都不太對。最後，小嵐想到一個更合理的答案，很高興的說出來，「我知道了！主謀是小言，雖然他平常看起來乖乖的，說不定很喜歡惡作劇，而且只有他不是拿兔子禮物還回應。我昨天就在懷疑他了。」

小嵐講出來後，阿德愣了一下，才發現原來小嵐自己想自己的，都沒在聽人說話。小妍已經習慣小嵐一放空就沒接上大家的談話，所以也只是笑笑，但對於小嵐的猜測，仔細想想，雖然沒有比較合理，還是有可能。所以接著說：「嗯，說不定喔！」

阿德想了想，突然有所領悟，很興奮的說：「小嵐真厲害！這是另一個很重要的思考法則喔！叫做『表面事實不一定是事實』。比方說有些人看起來像個好人，背地裡卻是個大壞蛋。就像之前有詐騙集團跑來，要用超低價賣修鞋材料給我，他們穿得很體面，態度又好，看起來一副既專業又和善的樣子，但他們不知道我是哲學家鞋匠，怎麼會上當呢？」

小嵐聽了很開心：「對啊！對啊！我常常覺得花雖然看起來很漂

亮，可是沒在看它時，說不定都在做鬼臉！所以表面看到的不一定是對的。」小嵐開始想像整個花園的花都在做鬼臉的樣子，而且還舉辦做鬼臉大賽，看誰的鬼臉最醜，贏的花可以得到一包肥料。

「這就太離譜了啦！」小妍說。

但這很離譜的想像卻讓阿德陷入沉思，「嗯！沒人在看花時，花長得什麼樣子呢？」阿德邊想邊走進店裡，忘記跟她們說再見了。

看見阿德這麼投入，小妍若有所悟的想著，「原來這很離譜的想法也是哲學啊！哲學真是深奧難懂，專門想一些很奇怪的事情。不過，好像還滿好玩的。」

小妍知道阿德短時間不會出來，也不想去打擾他，於是帶著小嵐繼續往學校走過去。她們走到學校門口，小妍再度叮嚀小嵐，「如果忘記怎麼走，還可以問人，這樣就不會迷路了。」

小嵐覺得問路這個方法很好，便納悶著，「怎麼之前沒想到呢？」而且，因為她覺得記下路標很麻煩，就接著說，「如果我轉彎的時候都問一下路，就不用怕迷路了，那就不用特別去記了啊！」

小妍回答，「不行，不能都依賴別人，還是要靠自己才行！」

「為什麼不能依賴別人呢？」小嵐問。

「嗯……這個……」小妍想了想，卻想不出答案，而且也覺得怪怪的，「明明這樣說很正確，可是為什麼找不到好理由呢？原來這也是很難的哲學問題。」她習慣把想不通的問題都當作哲學問題，於是只好說，「我也不知道，晚點再去問阿德好了。」

表面事實不一定是事實

哲學家鞋匠阿德解釋說：「無論人、事、物，都有表面的部分和隱藏的部分。由於隱藏的部分不容易發現，所以很容易被忽略。例如，比賽得名很開心，競爭對手來道賀時，容易只看到對方表面為你高興的模樣，但事實上每個人輸了都會難過，對方只是很有禮貌而已，不代表不難過。這個時候，不能只顧自己開心，要說對手很厲害，自己是因為運氣好才贏的。這樣別人才會比較不那麼難過。這種只看表面的錯誤推理可以稱為『把合理當正確的謬誤』。因為從表面來思考感覺上很合理，但卻不一定是正確的。」

為什麼不能依賴別人？

習慣依賴別人時，萬一突然沒人可依賴時，就會有麻煩了，所以平時要多養成獨立的習慣。而且，當別人過度依賴自己時，如果正在忙，就會覺得很煩。所以，為了不要讓別人覺得自己很煩，也要養成獨立的習慣。

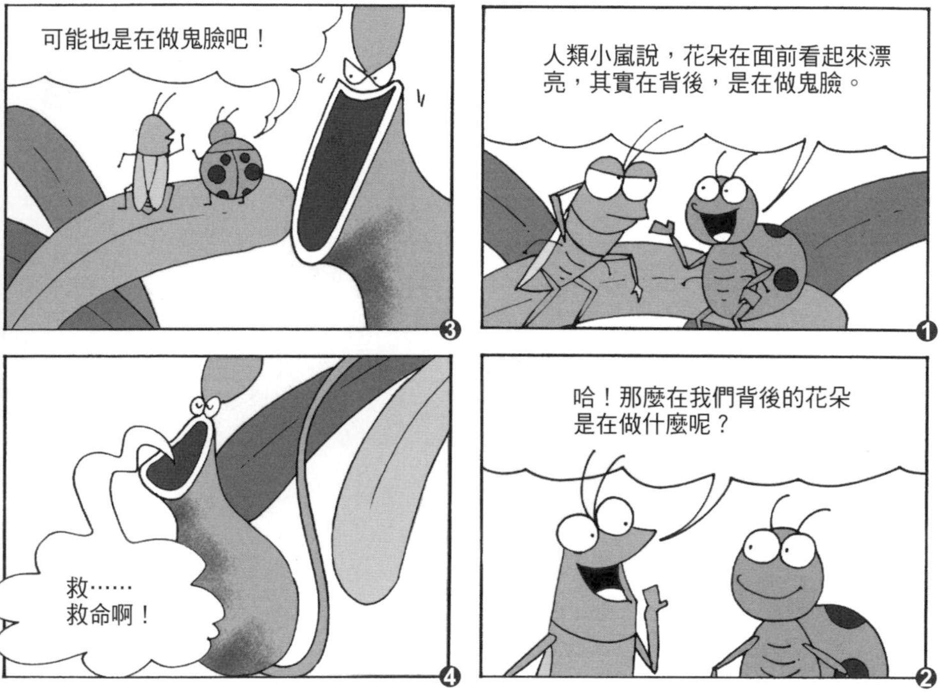
人類小嵐說，花朵在面前看起來漂亮，其實在背後，是在做鬼臉。
哈！那麼在我們背後的花朵是在做什麼呢？
可能也是在做鬼臉吧！
救……
救命啊！

五 人鬼豬途

第三天，小嵐要自己走路去學校了。從家裡到阿德鞋店這段路沒有問題。所以走到阿德店門口時，才把昨天寫的筆記本拿出來，「嗯，這裡要左轉，左轉……」小嵐東張西望，雖然寫得很清楚，但是，「左邊是……？左邊是哪一邊呢？」小嵐心想，「糟糕，又不知道左邊是哪一邊，怎麼辦？」想了想，她記起小妍說過，「吃飯時，拿筷子的手是右手，另一隻手就是左手。」

「幸好想起來了！不然又要走錯路了。」小嵐鬆了一口氣，準備要左轉。可是，問題又來了，「拿筷子的手是哪一隻呢？」小嵐想著、想著，「哇！想不出來！」因為她夾丸子和夾菜會用不同手，而且兩手還會變來變去，沒有固定。「啊！怎麼辦？」最後，小嵐想到還有個絕招，「偶爾依賴一下應該沒關係吧！」所以她高興的走進阿德店裡，「阿德，哪一隻手是左手呢？」

阿德好像剛睡醒，迷迷糊糊的說，「就是妳拿地圖的那隻手啊！」

「總算弄清楚了。」小嵐高興的說，「原來拿地圖的手就是左手啊！謝謝！」

小嵐走出店門口，朝著左邊走過去。但阿德突然想到小嵐的理解可能有問題，趕緊跑出來。因為他的意思是，「現在拿地圖的那隻手叫左手」，但擔心小嵐以為「拿地圖的手就是左手」，萬一換手拿地圖，不就搞錯左邊和右邊了。這就叫做「歧義的謬誤」，一句話在意思不同時推理，就會產生錯誤。

阿德趕上小嵐，在她的左手腕綁一個順手拿出來的紅色鞋帶，「這隻手就是左手，到學校前不要把鞋帶解下來，這樣就不會弄錯了。」

小嵐看著手腕上的紅色鞋帶，覺得和今天穿的淡紫色外套很搭，便開心地要阿德在上面打個蝴蝶結，而後滿意的跟阿德說「謝謝！」繼續往學校走去。

「穿過市場後要右轉。」小嵐知道這裡是最容易迷路的地方，上次就是在這裡走錯路。因為早晨市場人很多，又常有小攤販賣一些很好玩的東西，小嵐東看西瞧就不知走到哪裡去了。小妍要小嵐在市場時特別注意，別東張西望。所以她今天都不敢去看攤販賣的東西，因為一看到喜歡的，就會忍不住一直看。所以，小嵐總算平安穿過市場後右轉。

「過了游泳池左轉。」

這時，小嵐聽到一陣喇叭聲，以為自己又無意間走到馬路上被人按喇叭，但仔細一看，原來是兩隻小貓正想跑過馬路，但車子很多、又很快，小貓幾次想衝過去都被嚇回來，還被一個騎機車的歐吉桑一直亂按喇叭，嚇到衝回來時還差點被一輛汽車

撞到。小嵐趕快跑過去抱起小貓，然後帶著牠們一起過馬路，一直走進對面的公園裡。才一放下，小貓就往裡面跑，好像認識路的樣子。「大概牠們家在公園裡的某個地方吧！」小嵐想著。

接著，「走過孔廟後右轉。」因為已經過頭了，小嵐只好回頭。但走過孔廟入口後，發覺不太對。因為這裡沒辦法右轉。「根本就沒有路啊！只有一堵圍牆。」小嵐心想，「奇怪，路怎麼被堵住了？昨天明明有路！」小嵐發現圍牆下面的草叢間有個洞，向裡面望進去，看到一個小石碑上有一行字，「人鬼殊途」。小嵐不懂這是什麼意思，想著，「什麼是人鬼珠途呢？」小嵐不認識「殊」這個字，所以看成「珠」了。她繼續想著，「『途』是路的意思，那什麼是人鬼珠？啊！我知道了，有人寫錯字！應該是『人鬼豬』才對，這是一種很奇怪的豬，這個洞是專門給人鬼豬走的。」想到這裡，小嵐覺得很興奮，認為自己發現了奇怪的地方。她很想看看人鬼豬，就鑽進洞裡面。想不到洞還滿長的，一直爬了十多公尺才走出來。

走出洞裡後，小嵐覺得有點迷迷糊糊的，好像看到很多人在考試。小嵐成績不好，是全班倒數第三名，所以非常討厭考試，於是就假裝沒看見，趴著睡覺。老師叫她後，才感覺比較清醒，發現自己在教室裡睡著了。「怪了，怎麼會在教室裡？人鬼豬呢？」

「從洞裡走出來後，到底有沒有看到人鬼豬，還是別的東西，完全不記得了！也不記得最後到底怎麼走到學校的。」下午放學後，小嵐跑去找阿德時這樣說。

阿德想了想，發現有很多需要想清楚的事情。「首先，妳把小貓送過馬路後再回頭，因為方向不同，右邊就要變左邊了。人不能一直依照既定的計畫做事情，因為若有突發事件發生，計畫就會不適用，這時就必須懂得要『變通』。變通的意思就是要改變原本以為理所當然的做法。」

小嵐沒聽到阿德關於變通的說明，因為還在想著：「回頭後右邊變左邊？」她覺得這實在是很神奇，「為什麼一回頭左手和右手就會互換，再回頭又會變回來？」小嵐想不通為什麼左右可以變來變去。不過反正想不通的事情很多，也不差這一個，就沒繼續想了。

阿德接著說，「再來呢？嗯，那個洞不知有什麼古怪，而且怎麼會有人鬼豬這種東西呢？不知是誰立的牌子。這我也想不通。」

「是小學生寫的。」小嵐回答。

阿德聽了很驚訝，「為什麼覺得是小學生寫的？字寫得很醜嗎？」

「原因不一定是這樣！」小嵐突然覺得這時可以套用這句話，挺好玩的。她接著解釋說，「我不是因為看到字寫得很醜才說是小學生寫的。」

阿德笑了笑說，「那原因是怎樣呢？」

「因為有寫錯字。那個『人鬼豬』的『豬』寫錯了，寫成『彈珠』的『珠』。」小嵐回答。

「這樣啊！原來是『人鬼珠途』……人鬼珠途……？啊！」阿德突然大叫，擺出一副很驚駭的表情說，「該不會是『人鬼殊途』吧！』」阿德拿起一張紙，寫下「殊」這個字寫給小嵐看，「是這個字嗎？」

小嵐對阿德的反應感到有點緊張，好像是很嚴重的事情。她看了一眼，有點害怕地說，「好像是。因為那時覺得那個「珠」字也寫得怪怪的。」說完，張大眼睛看著阿德，想著會不會是很可怕的事情呢？

阿德深深吸了一口氣，然後說，「這意思是說，人和鬼不同路。『殊』是『不同』的意思。妳可能不小心走進鬼的專用通道了。」

小嵐聽了害怕起來，「那到底是怎麼回事呢？」

阿德搖搖頭，「我明天去調查看看吧！」

吃晚餐時，小妍和媽媽都恭喜小嵐，說她可以自己去上學了。但小嵐不敢說她走進鬼的專用通道。一來覺得害怕，二來還是想知道人鬼豬長什麼樣子，如果阿德沒找到，自己還想去找找看。可是她沒想到，要是沒人寫錯字，也就根本沒有人鬼豬這種東西了啊。

「可是，會不會這一切都只是自己放空時的胡思亂想呢？」小嵐想著，自己也沒有把握。

「咦！妳怎麼戴著奇怪的項鍊。」小妍指著小嵐的脖子上掛著的奇怪東西。

小嵐這時才發現，好像從早上就一直戴著，只是一直都沒去注意。於是便拿起來仔細看。

「該不會又有同學趁妳放空時，把項鍊掛上去都沒發現吧！」小妍覺得小嵐的放空功力實在太強了。

「啊！這是人鬼豬！」小嵐高興的驚呼。

「什麼人鬼豬？」小妍好奇的問。

「妳看，這是豬的形狀，牠的臉長得像人又像鬼，而且還有豬鼻子。原來人鬼豬真的長這樣。」小嵐看見了人鬼豬，覺得很開心，對於這個項鍊怎麼來的，就不太在意了。但小妍和媽媽還是一頭霧水。

做事要懂得變通

哲學家鞋匠阿德補充說，「做人要有原則，但也不是一成不變。遇到特殊情況時，就要懂得變通。就像修鞋匠修鞋一定要修好，這叫敬業精神，不可以馬馬虎虎隨便弄，這樣就會覺得自己很專業、很厲害，可以很有自信的抬頭挺胸做人。可是有一次遇到一個通緝犯來修鞋，就故意用容易斷掉的細線縫，看起來雖然縫得很好，可是當通緝犯被警察追時，鞋子一下子就壞掉了。哈哈，所以他很快就被追到。不過，可惜最後還是被他逃掉了。」

愛麗絲
夢遊仙境
汙水管
媽呀！
臭死我了……

六 發現存在主義

隔天，小妍下課後跑去找阿德聊天。阿德便跟小妍談起小嵐昨天遇見的怪事，但又抱怨說，「我一大早就跑去找那個洞穴，卻找不到。搞半天，原來又是小嵐自己放空，胡思亂想。」

小妍想了想，覺得事情或許沒這麼簡單，「可是她真的戴著一個不知哪來的人鬼豬項鍊耶！」

「是喔，」阿德感到疑惑，「會不會是放空時，同學惡作劇給她戴上的呢？」

「我和媽媽也是這樣覺得。」小妍說。

「可是，怎麼會這麼巧呢？而且……，」阿德突然發現自己的推理有個問題，「如果小嵐不知道『人鬼殊途』這個成語，怎麼可能會胡思亂想編出這個成語呢？」

阿德想了想，接著又說，「說不定是我自己犯了『訴諸無知的謬誤』」。

「這是什麼意思？」小妍問。

「這是一種錯誤推理，把看不見的，都推理作不存在，所以人們很容易忽略看不見的潛在危險，是個很可怕的謬誤。要記住這個謬誤的口訣是：看不見的不一定不存在！」阿德解釋。

小妍拿出筆記本記下來。並且開始想想看有沒有什麼例子可以舉一反三。因為她知道學習思考一定要舉一反三才學得會。

阿德接著說，「就像我今天早上去找那個洞穴但沒找到，就覺得它不存在。可是說不定這種鬼通道只有特殊情況才會出現，或是只有特殊的人才看得見。所以不能斷定它一定不存在。」

小妍覺得這個例子很好，就立刻寫下來。並且說，「就像很多人看不見神，就說神不存在，也是一樣嗎？」

「對的！的確是這樣。這個例子非常好。」

這時，小嵐也放學走進阿德店裡。阿德向小嵐借項鍊仔細看，還真的就是一副人鬼豬的模樣，覺得這也太不可思議了。

「我知道小嫻最喜歡什麼了！」小嵐還記得上次說要調查小嫻最喜歡什麼，「她最喜歡吃小蘋果。」

小妍一時沒搞清楚小嵐在說什麼，但突然會過意來，想起之前以為小嫻是主謀，就說要送她東西，並且要小嵐調查她最喜歡什麼。可是既然已經判定她不是主謀，就不必送東西了啊！但小嵐沒有自動推理出這個結論。

「不過，」小妍想著，覺得小嵐的說詞很奇怪，「喜歡蘋果就蘋果，怎麼有人喜歡『小蘋果』呢？難道他不喜歡吃大蘋果只喜歡吃小蘋果嗎？這好奇怪！」

「對啊！」小嵐答得很乾脆，完全不覺得這有什麼問題。

「如果拿一顆大蘋果和一顆小蘋果給她選，難道她會選小蘋果？」小妍問。

「當然啊！」小嵐很肯定的回答，並且接著說，「如果一本妳喜歡的漫畫，和兩本妳不喜歡的漫畫給妳選，妳要選哪一個？當然是選一本喜歡的漫畫啊！不喜歡的再多也沒有用。」小嵐的解釋聽起來也滿有道理的。

「不對！不對！這不一樣！」小妍急切地說，卻想不出是哪裡不一樣。

聽了她們的爭論，阿德哈哈大笑，接著說，「小嵐犯了『不當類比的謬誤』。不同類型的東西，是不能拿來類比的。」

「為什麼不行？」小嵐問。

「重點在於，大蘋果包含了小蘋果，大蘋果等於有好幾個小蘋果，所以喜歡小蘋果，當然就會更喜歡很多小蘋果，也就會喜歡大蘋果了！可是，兩本不喜歡的漫畫並沒有包含喜歡的漫畫，所以這樣的類比是不恰當的。」阿德解釋。

小妍聽了很高興，因為她也覺得小嵐的推理怪怪的，只是搞不清楚怪在哪裡，聽了阿德的說明就了解了。所以趕快又拿出筆記本記下來。

「可是大蘋果就是大蘋果，不是很多小蘋果，又不一樣。」小嵐還是覺得不同。

阿德一時也不知要怎麼跟小嵐解釋，想了一想，便說，「如果把小蘋果切成一片一片吃，就可以切成八片。如果切成一樣大小，大蘋果可以切成十六片，妳要哪一個？」

「如果很餓的時候，當然要十六片的啊！」小嵐回答，但搞不清楚這和小蘋果有什麼關係。

「因為，」阿德接著說，「喜歡十六片就是喜歡大蘋果，所以大蘋果比小蘋果還要更好。」

「可是這是一片一片蘋果的時候才是這樣，如果送一顆蘋果，還是比較喜歡小蘋果。」小嵐堅持著說。

「可是，又不是要拿蘋果玩，不是要吃嗎？」小妍接著說。

「對啊！可是吃蘋果又不一定要切小片，可以整顆拿著吃啊！這樣還是小蘋果比較好！」小嵐說著。

「可是大蘋果比較多肉！」小妍開始有點不耐煩，覺得小嵐很不可理喻。

這時，阿德卻在一旁陷入了沉思。小妍覺得很奇怪，不知他是不是又想到了什麼高深的哲學。

突然，阿德歡呼說，「耶！沒錯！沒錯！這就叫做『存在主義』！存在主義有時是不講道理的，主要是依賴感覺，感覺喜歡小蘋果就是喜歡小蘋果，才不管多肉或是少肉。不要過度重視理智而忽略情感，要面對真正的自己！就像有人考試成績很好可以進醫學系，畢業當醫生可以賺大錢，理智上會認為讀醫學系才是最正確的選擇，可是就是有人不喜歡當醫生，才不管會不會賺大錢，還是去做自己喜歡的事情，就算失敗也無怨無悔。這就是存在主義！」

小妍聽懂了一點點，喃喃自語，「原來有時是要靠感覺！」

小嵐覺得阿德和小妍的討論好奇怪，「當然要做自己喜歡的事情啊！」有什麼好大驚小怪的呢？

「訴諸無知」的謬誤

哲學家鞋匠阿德說，「『訴諸無知』的謬誤，就是告訴我們看不見的不一定不存在。當然，也不能說看不見的就存在。只能說，『看不見』不能作為不存在的證明，因為的確有很多東西是不容易看見的。就像比賽時，覺得自己很強，看不見可能會輸的情況時，就容易過度輕敵而失敗。如果覺得自己很弱，看不見可能獲勝的機會時，就容易過度氣餒，導致最後一點成功的機會都會錯過。」

「不當類比」的謬誤

哲學家鞋匠阿德說，「如果兩樣東西某部分類似，就可以做『類比』，推理出其他某些部分也類似。例如，『泰坦星和地球一樣有大氣層，所以泰坦星有可能可以住人。』因為大氣層的確是可以住人的重要因素，所以這樣的類比推理是適當的。但如果說，『天王星和地球一樣是藍色的星球，所以天王星有可能可以住人。』這樣的類比推理就是不當類比，因為，星球是什麼顏色和能否住人是無關的。就好像之前有個人跑來說要訂做一個和大明星周杰倫的鞋子一樣的款式，他相信自己穿上那種鞋就會和大明星一樣帥。可是人家帥又不是因為那雙鞋，而是長得帥，這個人長得完全不一樣，誤以為穿一樣的鞋就會一樣帥，根本就是不當類比的推理。由於很多人都會做這種不當推理，所以廠商都喜歡找明星代言衣服或化妝品，讓大家誤以為用一樣的東西就會像代言明星一樣。結果根本就是被誤導花錢。」

存在主義

哲學家鞋匠阿德說，「存在主義主張『存在，就是要去感覺這個世界，而不是去思考這個世界』。自己內心真正的感覺比有沒有道理的思考更重要。做事情不能只用大腦，還要用心感受。就像打掃時，不要只想著『應該要打掃』，而是去感受『打掃完後很清潔的環境讓自己也感到開心』，這樣就會覺得打掃很快樂了。老師們也不要只看同學有沒有打掃乾淨，還要注意同學們打掃時有沒有用心去感受從髒亂到整潔的過程，享受自己很棒的成就感。」

走！跟我去買水果。要幫忙提喲！
我想提大蘋果。
我想提小蘋果。
哈！這就是存在主義吧！不講道理，只憑感覺。
怎麼只買大蘋果，都不買小蘋果！重死我了……
大蘋果特價，就多買一些嘛！
特價

通緝犯報仇

小嵐一直很想再去找人鬼豬，可是媽媽不用去早餐店幫忙，每天載小嵐上下學，也就沒有機會到孔廟去了。

下課後，小嵐跑去找阿德，正好小妍也在裡面。小嵐問阿德有沒有空帶她去找人鬼豬。阿德本來想說「找過了，但沒找到。」但想了一想，覺得說不定自己弄錯地方，或是只有小嵐才看得見入口。於是，阿德開車載著兩人再去調查。

到了孔廟門口，小嵐走到應該是入口洞穴的草叢，低下頭東找西找，可是什麼也沒看到。三人一起又找了一會兒，還是什麼也沒發現。

小妍說，「原來真的只是小嵐放空幻想的。」小嵐也有點失望。

一行人回到店門口，阿德發現裡面的燈是亮著的，而且門一轉就開了。這讓他覺得有點奇怪，「剛剛出去時記得有關燈，門也有鎖上啊！」

阿德小心翼翼的往內走，東看西看，擔心有小偷在裡面。小妍和小嵐也要進去拿書包回家。但當三人走進店裡時，門後忽然走出一個拿刀的大漢，他把門關上喊著，「別動！不准叫！」

小妍和小嵐都嚇到不知該怎麼辦。

阿德一回頭更是嚇了一大跳，他想，「這個人不就是上次拿鞋來修的通緝犯嗎？真糟糕！」

通緝犯對著阿德說，「竟敢故意用不牢固的線縫我的鞋子，害我被警察追的時候鞋子破掉。真是太可惡了！」

阿德趕緊說：「不！不！不！你誤解我又批評我，就像在批評一個稻草人一樣，所以你犯了『批評稻草人的謬誤』！我那時是拿錯線了，不是故意的啦！」

「原來是這樣喔！我錯怪你了！」通緝犯說。

「沒關係，沒關係！我不介意啦！誤會一場。」阿德笑著說。

「我聽你在胡扯！今天你要給我一個交代，不然看我怎麼對付你！」通緝犯說完，把他們的手機都拿走，又把他們關進小房間裡說，「在裡面想清楚要怎麼賠償我，想好就敲門！如果說得讓我不滿意，我就要你好看！」

「可是我要回家！」小嵐說。

通緝犯瞪了小嵐一眼。小妍趕快把小嵐拉進去。

「糟糕！他搞不好會殺掉我們喔！」被關進小房間後阿德很緊張的說。

「哪有！少數這樣不代表全部這樣！你犯了『以偏概全的謬誤』。」小妍接著說，「他只說要給你好看啊！又沒說我和小嵐。」

「說不定他一生氣也會牽連到你們！而且如果他殺掉我，被妳們看見，說不定會一起殺了滅口，以免被警察抓！」阿德一說完，小嵐趕快跑去旁邊把眼睛遮住，假裝什麼都沒看見。

阿德看了又好氣又好笑，便說，「這麼不講義氣，妳假裝沒看到也沒用啦！這個通緝犯又不是笨蛋！」

「那要怎麼辦呢？那給他很多錢好了！」小妍說。

「最近都沒什麼生意，我哪有很多錢

啊！如果跟他說沒錢，他一定不相信，會以為我沒有誠意。」阿德嘆了口氣，大聲說，「我又不是故意的！怎麼可以這樣呢？」

「可是你明明是故意的啊！」小妍說。

「噓——」阿德做出不要出聲的手勢，悄悄地說，「我是說給通緝犯聽的啦！」

小妍想了想，「可是你以前不是說『說謊是壞事』，無論如何都不可以說謊嗎？」

「那不是我說的啦！是哲學家康德說的，不過我覺得他說得不對，該說謊的時候就要懂得變通，因為現在說謊可以救我們三個人，比較起來，說個謊話就沒什麼大不了。就像為了更重要的事而違反規定是可以被接受的。比如說，如果我跳到禁止游泳的海裡游泳是為了救溺水的人，那我違反禁止游泳的規定就沒關係了。」

「喂喂喂！死到臨頭還在裡面談哲學！趕快想想要怎麼賠償，再想不出來，看我怎麼對付你！」通緝犯大聲喊著。

「糟糕！怎麼辦？」阿德驚慌的思考著。小妍卻拿出筆記本把剛剛學到的寫下來，一點都沒有很緊張的樣子。她覺得這個通緝犯一直在虛張聲勢，好像什麼也不敢做的樣子。寫完阿德說的「為了更重要的事情，就可以變通說謊。」小妍又加了一句話：「原來哲學家也是會錯的！康德說『無論如何都不可說謊』是錯的。」可是，小妍又覺得怪怪的，想著，「既然哲學家會錯，那到底是哲學家康德錯了，還是哲學家鞋匠阿德錯了呢？而且，說不定都錯了，哲學家少女小妍才是對的。」想到這裡，突然「嘿嘿」笑了起來。

這個時候，小嵐也在胡思亂想，她想通緝犯到底會怎麼對付阿德，「說不定會給他搔癢，搔到他說不要不要的。」想到這裡，小嵐也不自主的「呵呵」笑了起來。

阿德看到小妍和小嵐都在笑，一副很鎮定的樣子，覺得自己有失哲學家風範，便說，「好！我也要來學蘇格拉底，面對死亡一點都不害怕！」

「蘇格拉底」這個聲音竄進小嵐耳朵裡，喚醒了一個被困住的記憶。「咦？」小嵐發出一個疑問的聲音，接著說，「剛剛那個名字我有印象耶！」

「啊！想起來了！」小嵐驚呼。

「哈哈！終於想到要怎麼賠我了嗎？」通緝犯在外面聽到後很開心。

「這是『歧義的謬誤』！」小妍輕聲的說，「意思不同，推理就錯！」。

「這時候就別管謬誤了啦！」阿德小聲說，「妳想到怎麼讓我們脫困了嗎？是不是書包裡還有手機呢？」

「不是！我去找人鬼豬的時候，遇見一個外國人，他說他的名字叫蘇格拉底！是來找一個老朋友辯論的。」小嵐說。

蘇格拉底

哲學家鞋匠阿德說，「蘇格拉底是兩千多年前的古希臘哲學家，被尊稱為西方的孔子。他喜歡跑到大街小巷找人辯論，認為人生最重要的智慧就是能夠看見自己的無知、認識自己。不像許多人常常不懂又自以為懂，很多事情都被這些人越搞越糟。他老年的時候，受人陷害而被判處死刑，本來有機會逃獄卻不走，主張就算是惡法也要遵守，不能只是為了要保命就放棄自己一生所追尋的正義，完全無所畏懼的面對死刑。」

「批評稻草人」的謬誤

哲學家鞋匠阿德後來解釋說：「批評稻草人的謬誤，意思就是要『小心別罵錯人』。批評別人之前，先想想看有沒有可能是誤解，如果因誤解而批評，就好比自己做了一個稻草人，在它身上寫別人的名字，又對著它批評一樣，不僅沒有意義，還會得罪人。就像有一天，有個人匆匆忙忙跑進店裡來，說要借廁所，我說不行，他就很生氣的跑掉了，還罵我沒良心。其實我本來就沒有義務要借他，何況我不借是因為正好已經有人先借用了，我本想跟他說要等前一個人用完才行，但他沒等我說完就跑掉了。這個人誤解我又批評我，就犯了『批評稻草人的謬誤』。」

這時小妍想了想回答：「那麼，通緝犯並沒有犯『批評稻草人的謬誤』啊！因為他並沒有誤解，你真的是故意用容易斷掉的細線幫他修鞋的啊！」阿德聽完心裡一驚，吞吞吐吐的說，「這個……好像是這樣沒錯！」

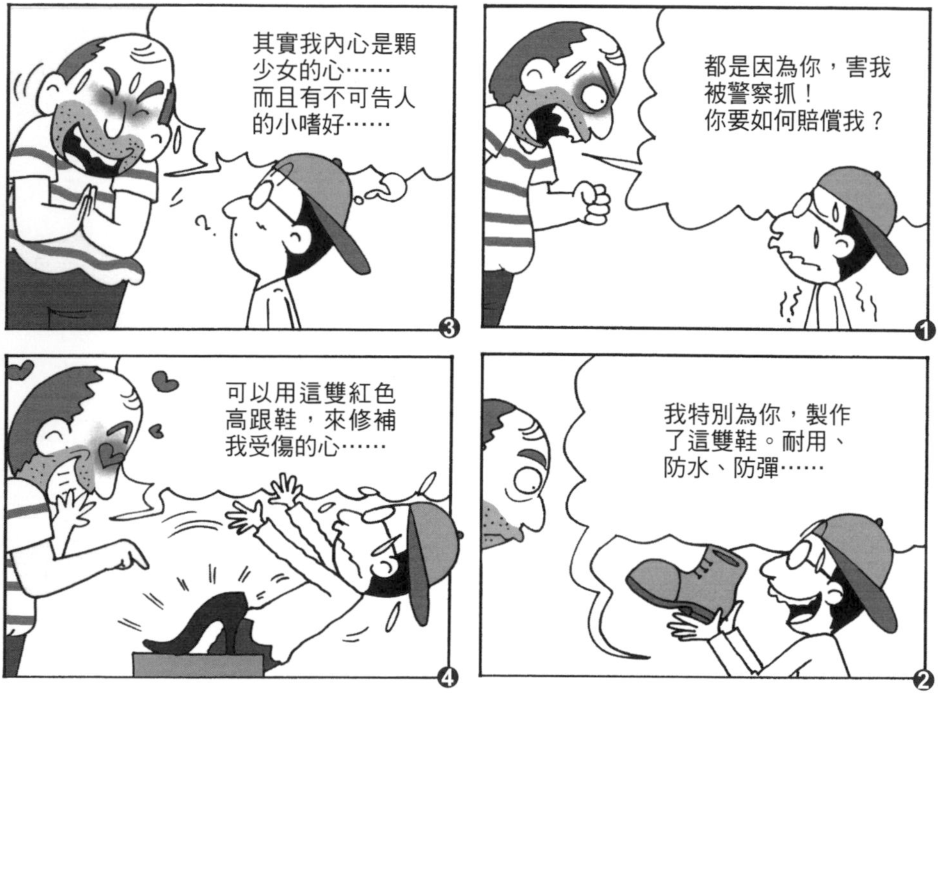
都是因為你，害我被警察抓！你要如何賠償我？
我特別為你，製作了這雙鞋。耐用、防水、防彈……
其實我內心是顆少女的心……而且有不可告人的小嗜好……
可以用這雙紅色高跟鞋，來修補我受傷的心……

八 蘇格拉底的考試

「我從洞裡鑽出來的時候，看到一個外國人坐在孔廟裡面，還問我來做什麼。」小嵐想起了那天的事情，便說了起來。

「我要找人鬼豬。」

「什麼是人鬼豬？」

「我也沒看過。你有看過嗎？」

「我來找朋友辯論，才剛到。所以也沒見過。」

「那我們一起來找。」

「好啊！好啊！」

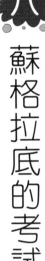

我們找了很久都沒找到，他問我人鬼豬長什麼樣子，我就跟他說，人鬼豬是一種豬，有豬的身體和豬的鼻子，可是臉長得像人又像鬼。

「原來是這樣。我可以送妳一個，可是妳要先回答我的問題，答對了才能送妳。」

「好啊！好啊！」

「你知道全世界最有智慧的人是誰嗎？」

「我不知道。」

「很好很好，其實我也不知道。不過希臘神明說是蘇格拉底，而我的名字剛好就叫做蘇格拉底。那麼，妳現在知道誰最有智慧了嗎？」

「知道了！就是蘇格拉底，就是你！」

「哇！妳很會推理嘛！」

「呵呵，還好啦！」那時突然覺得思考變敏銳了，注意力集中，不太會放空亂想，對於回答問題充滿了自信。但也不明白自己為何會突然這樣，「或許是因為很想要人鬼豬吧！」

蘇格拉底笑了笑說，「好，下一題！我來這裡找一個叫做孔子的朋友辯論，可是他不在家，一定是聽到我要來，就怕得躲起來了。是不是？」

「不對！原因不一定是這樣！你犯了『輕率連連看的錯誤』！」

「什麼輕率連連看？應該是『輕率因果連結』啦！不過『原因不一定是這樣』的說法是正確的。他不一定是怕了，說不定是嚇跑了！哈哈哈……」

「原因不一定是這樣！說不定他忙著找跑掉的人鬼豬。」

「喔喔！原來是這樣！好，這題算妳對。下一題，我去年跟孔子辯論贏了，所以今年我還是會贏。對不對？」

「不對！以前這樣不代表現在也會這樣！這是用少數推理全部的錯誤。」

「哇！說得很不錯啊！不過應該說『以偏概全的謬誤』。好！這題也可以算對。」

「呵呵！」

「最後一題。我去年回去，跟我的徒弟說，我辯論贏孔子了。結果我徒弟說，辯論贏姓孔的兒子有什麼了不起。他這樣說有什麼問題嗎？」

「我知道，這叫做『歧義的錯誤』。因為孔子是一個人，不是姓孔的兒子，意思不同，推理就會錯誤。」

「哇！怎麼妳都會？太厲害了！不過還是要挑剔一下，『謬誤』和『錯誤』還是不太一樣的。『謬誤』講的是推理上的問題，當然也可以說是推理的錯誤。所以，基本上還是可以算對的。」

「耶！那要送我一個人鬼豬！」

「好的好的！」

然後，他就拿出一個項鍊，說這就是人鬼豬。可是我說我要真的人鬼豬，不是人鬼豬項鍊，就說他犯了『歧義的謬誤』。人鬼豬指的是真的豬，不是人鬼豬的項鍊。

「對啊，他賴皮！想不到哲學家也會賴皮！」小妍說。

「沒辦法啊！人鬼豬又不存在，怎能變出一隻真的人鬼豬呢！」阿德說。

「不對不對，看不見的不一定不存在！不能因為沒見過人鬼豬就說人鬼豬不存在！說不定希臘真的有人鬼豬。你犯了『訴諸無知的謬誤』。」小妍說。

「這樣說也是有道理啦！妳學得還真快！」阿德有點無可奈何的說。

「可是蘇格拉底說這個項鍊可以把人鬼豬叫出來耶！」小嵐說。

「什麼？有這種事！」阿德驚訝的說，「那要怎麼叫出來呢？」

小嵐把項鍊拿下來，對著人鬼豬說：「人鬼豬是全世界最有智慧的豬！」

說完，項鍊突然冒煙，瞬間變成一隻巨大的人鬼豬。

三人被嚇到大叫。通緝犯聽到叫聲很生氣，打開門說，「不是叫你們不要大——叫——嗎？」說著，說著，看到人鬼豬在他面前也嚇了一大跳，「這……這……這……啊——！」通緝犯也跟著大叫，

「我不要！我不要！不要送我這個！」邊說邊衝出去，一轉眼就不見了。

過沒多久，人鬼豬也消失了。

「原來只是幻影啊！嚇死人了！」阿德說。

「原來通緝犯也跟我們一樣會被嚇到。把他嚇跑真是太好了！不過他犯了『輕率因果連結的謬誤』。原因不一定是這樣！把人鬼豬叫出來的原因又不是要送他。」小妍說。

「對啊！原來通緝犯也和我們一樣喜歡人鬼豬！不過他為什麼說不要呢？」小嵐說。

「為什麼妳覺得他喜歡人鬼豬？」阿德不懂小嵐為什麼這麼說。

「因為他和我們一樣會被人鬼豬嚇到，所以也跟我們一樣喜歡人鬼豬。」小嵐一邊解釋，一邊想像通緝犯後悔說不要，然後跑去逛大賣場想要買一隻人鬼豬回家。

「不對不對，這是『不當類比的謬誤』。『喜歡』和『會被嚇到』是沒有關聯的，所以不能因為剛好都一樣會被嚇到，就類比成一樣都喜歡。就像有人養小白鼠，看牠和小白兔一樣可愛，就類比出牠也不會咬人，可是『可愛』和『咬』是無關的，不能拿來做類比。」

「好吧！那通緝犯很討厭人鬼豬！」小嵐邊說邊想像大賣場店員要推銷人鬼豬給通緝犯，打五折還買一送一，但通緝犯揮揮手說不要買。

「這樣也不對喔，『不能忽略其他選項』。除了喜歡之外，不一定就是討厭。也可以不喜歡也不討厭啊。就像妳不喜歡吃番茄，但是也不討厭。不是嗎？這種忽略其他選項的推理，就叫做『非黑即白的謬誤』。」

「可是我喜歡吃聖女番茄！」小嵐說。

「原來是這樣喔。啊！不對不對，這不重要啦！我只是比喻而已。」阿德趕緊解釋。

小妍又趕快拿出筆記本，記下新的哲學知識。

「非黑即白」的謬誤

哲學家鞋匠阿德又再解釋說，「如果有人不是穿黑色衣服，我們就推理說他穿白色衣服，這是犯了『非黑即白的謬誤』。口訣是『不能忽略其他選項』。以這個推理來說，就忽略掉其他顏色的可能性，像是藍色或是紅色，所以有可能推出錯誤結論。就像有一天，有個客人說要買和林志玲一樣的鞋子，我說沒有，她問我為什麼不賣，我就說她犯了『非黑即白的謬誤』，因為她忽略了其他選項，當我說沒有時，不一定是不賣，有可能是賣完缺貨了啊！」

小妍聽完點點頭想著，「難怪阿德生意不好！」

蘇格拉底說死亡

哲學家鞋匠阿德說明為何蘇格拉底不怕死：「在情感上，大家都會怕死，這是天生的感覺，很難改變。可是理智可以告訴我們這種感覺是不對的。就像天生看見蛇都會很害怕，但理智上只要認清有些蛇沒有毒，也不會主動攻擊人，就可以不用怕牠們。久而久之就可以克服情感上的恐懼感。在理智上，蘇格拉底說，死後有兩種情況，第一是還有靈魂繼續存在，如果是這樣，那死根本就只是換個地方居住而已，根本就不可怕；第二，是死後什麼都沒有，這就像是睡了一個沒有夢的好覺一樣，安心睡吧，有什麼可怕的呢？所以，蘇格拉底主張，死亡一點都不可怕。」

哈！你們逃
不了……
人……人…鬼……人…人…啊……
太害怕了，想不起來如何
召喚人鬼豬……
哈！
這是什麼東東啊？
那麼醜的豬八戒項鍊！
可惡！你說誰
是豬八戒？

孔子和蘇格拉底大PK

當蘇格拉底送人鬼豬給小嵐後，就先讓她忘了這件事情，再將她轉移到教室裡。這時，由於同學們正在考試，沒人注意到小嵐突然出現。

蘇格拉底回到孔廟，看見孔子正在等他，還笑著對他說，「我什麼時候辯論輸給你了？還好我有『仁心』，不想害你丟臉，所以剛剛沒出來揭穿你。」

「嘿嘿，人永遠都不會認輸的。沒關係，那我問你，你剛剛說到仁心，仁心是什麼？」蘇格拉底開始發揮他最擅長的辯論術了。

「仁心是一種可以感受別人痛苦的心。如果看見有人冬天穿不暖，就會感同身受，就像自己穿不暖一樣。因為我有仁心，可以感受到你的謊話被揭穿會覺得很丟臉。『己所不欲，勿施於人』，為了不要讓你覺得丟臉，所以就不揭穿你了。有沒有覺得仁心很棒呀？」

「哈哈哈，聽起來不錯。就像你死不認輸，而我也有仁心，所以就不逼你認輸，以免讓你難過，這樣不錯吧！」

「不愧是西方哲學大宗師，學得很快嘛！」孔子說。

「人家叫你萬世師表，你也很不簡單啊！」蘇格拉底說。

「呵呵，虛名而已，對我來說就像浮雲一樣。不像你喜歡自誇自己最有智慧，其實只是神廟算命的占卜而已，有什麼好炫耀的。」孔子捻鬍微笑。

「你之前不是說有朋友從遠方來會很快樂嗎？怎麼一直在酸人？

原來只是騙人的。」

「那你不記得下一句了嗎？我還說，當別人不知道自己很厲害的時候，也不會感到不滿，這才是君子風範啊！」

「好吧，那我再問你：仁心從哪裡來的？」

「仁心是天生的。就像我的徒孫孟子做了一個很好的比喻，當你看到一個小嬰兒爬著爬著，要摔到井裡的時候，就會立刻上前去抓緊他，以免他摔下去。這個時候，不會考慮可以得到什麼好處，單純只想幫助人而已。這種天性，就是仁心，每個人天生都具備。你只要往自己內心看，就可以發現了。如果看不到，那你應該就是狐狸精變的了！呵呵！」孔子接著說，「這也是認識自己的一種啊！你不是很強調認識自己的重要性嗎？人除了要知道自己的無知，也要知道自己的仁心。」

「哈，你犯了『非黑及白的謬誤』。我如果感覺不到仁心，不一定是狐狸精變的，說不定是蛇精變的、也說不定是狗精、貓精、或是那個什麼人鬼豬精變的。推理時，『不能忽略其他選項』。」蘇格拉底很高興終於抓到孔子的謬誤。

「說你是狐狸精只是開玩笑的，又不是真的在作推理。你根本沒有好好理解別人真正的意思，只是捉人語病。自己才犯了『批評稻草人的謬誤』，誤解我又批評我。」

「呵呵，又開始不服輸了。沒關係，你還犯了『訴諸無知的謬誤』。因為，你看不見動物們有仁心，就說動物沒有仁心，這樣的推理是錯的。」

孔子搖搖頭說，「那些動物互相廝殺，明顯是沒有仁心的！」

「喔？人類廝殺有比較少嗎？尤其戰爭的時候還不是亂殺一通

的。」蘇格拉底說。

「嗯——，」孔子想了一想，覺得這樣說也有道理，便說，「說不定動物也有仁心。」

「那你要承認自己對動物有沒有仁心的問題是無知的了嗎？」蘇格拉底最喜歡教人承認自己無知，因為他覺得知道自己的無知，才能增長智慧。可是這樣常常會得罪別人，所以才被人陷害，最後還被判死刑。

「沒錯！知道就說知道，不知道就說不知道，這才是真知。我的確不知道動物有沒有仁心。」孔子承認自己在這方面的無知。

「哈哈，不好意思，今年我又贏了。」蘇格拉底很高興的說。

「你要這樣說，我也沒辦法啦！不過倒是很感謝你提醒我，讓我今天又學到東西了，真是『三人行，必有我師焉！』」孔子心胸開闊，完全不想爭論勝負，只覺得學到新東西很開心。

蘇格拉底拿出一堆大包小包香噴噴的東西，「不用客氣啦！誰叫我們是好朋友呢？我帶了不錯的伴手禮來，一起吃吧！」

「感謝感謝，那我就不客氣了。」孔子高興的吃著很久沒吃到的希臘料理，但接著又說：「想不到你還滿會騙小孩的，先運用你的專長讓她心智澄明，還專問她會的問題讓她對答如流，這可以提升她的自信心，對未來的學習更有幫助吧！可是，那個人鬼豬該怎麼辦？只是黏土變的吧！又不能真的叫出來，你欺騙小朋友會讓她很失望喔！」

「不用擔心，我會去假扮人鬼豬！而且我有跟她說，只能呼叫三次。不會太麻煩的！這段時間，我就先住這裡吧！」蘇格拉底說。

「沒問題。我剛好要去拜訪老子先生，這段時間就先麻煩你了。記得會有很多考生來拜拜求考試好運，就用你那可以讓人心智澄明的專長祝福他們吧！」孔子說。

孔子的哲學思想

孔子和蘇格拉底一樣都沒有留下著作，但弟子們的筆記彙整後，編成《論語》一書。蘇格拉底也是由弟子柏拉圖記錄他的生平事蹟，才能傳於後世。

在《論語．衛靈公篇》第十五章，子貢問曰：「有一言而可以終身行之者乎？」子曰：「其恕乎！己所不欲，勿施於人。」意思是說，子貢（孔子的弟子）有一天問孔子，有沒有什麼可以終生奉行的一句話？孔子回答，有啊，就是寬恕別人的過錯。自己不希望別人對我們做的，就不要對別人做。

在《論語・學而篇》第一章，子曰：「學而時習之，不亦說乎？有朋自遠方來，不亦樂乎？人不知而不慍，不亦君子乎？」意思是說，學習知識而且把所學應用在生活中，是一件令人感到喜悅的事情；有朋友從遠方來拜訪，會讓人覺得快樂；如果別人不知道自己的本事，也不會感到不滿，就是有君子風範了。

在《論語・為政篇》第十七章，子曰：「由！誨女知之乎？知之為知之，不知為不知，是知也。」這是孔子對弟子仲由（子路）說的話，強調真正的智慧就是去了解自己什麼知道以及什麼不知道。這個觀點和蘇格拉底主張「最重要的智慧就是知道自己的無知」是非常類似的。

在《論語・述而篇》第二十二章，子曰：「三人行，必有我師焉。擇其善者而從之，其不善者而改之。」意思是說，三個人裡面就會有一個是可以學習的對象，當看見自己缺乏的好處時就去學習，而看見自己也有的壞處時就趕快改掉。如果我們依據孔子的建議來栽培自己，自然就會有越來越多優點，以及越來越少缺點，在這種情況下，不論是事業、家庭，或人際關係方面，都必然會更得心應手。

哇！孔子和蘇格拉底要PK！
儒家的孔子和西方哲學大師蘇格拉底辯論，東西文化交流一定會激盪出更偉大的哲理！
剪刀、石頭、布……
哎喲不玩了啦！討厭……

十 鬧鬼的孔廟

趕走通緝犯的隔天，小嵐到了學校，聽到小嫻和小言說，「我姑姑說孔廟有鬼。因為她要考公務員，昨天去拜拜，想求好運，結果聽到奇怪的聲音說『不用讀國語沒關係，努力學習希臘文就好。』真的好奇怪！」

「對呀！好奇怪！國語很重要啊！希臘文是什麼啊？」小言說。

「那是蘇格拉底假扮的。」小嵐聽到後加入他們的談話。

「蘇格拉底？是那個古希臘哲學家嗎？」讀了很多課外書的小嫻問。

「蘇格拉底是世界上最有智慧的人，他跑來找孔子辯論。還送我這個人鬼豬。」小嵐把人鬼豬項鍊給他們看。

「哇！好可愛！」小嫻和小言都覺得人鬼豬很可愛。

這時，同學小強探頭過來便哈哈大笑，「戴豬項鍊的人就和豬一樣笨。」

小嵐聽了好生氣，但又覺得這樣說似乎有什麼推理錯誤，卻說不出來。她感覺自己的思路變得沒有和蘇格拉底說話時那麼清楚了，只好說：「這是很聰明的人鬼豬。」

小強繼續大笑說：「原來不只笨，還和鬼一樣醜。」

被人說醜，小嵐覺得很傷心，一副要哭出來的樣子。

小嫻看了就很凶的怒斥小強，「胡說！小嵐很漂亮的。」

「誰胡說？明明就是小嵐胡說！每天胡思亂想，幻想什麼奇怪的人鬼豬和什麼蘇格拉拉的！」小強說。

「是蘇格拉底啦！真沒知識！」小嫻說。

「這不是胡思亂想，這是真的。人鬼豬還可以叫出來！」小嵐說。

「哈哈，還真的勒！那叫出來給我看啊！」小強說。

「可是已經叫過一次，剩下兩次，叫完三次人鬼豬就會消失不見了！」小嵐回答。

「哈哈，真會牽拖。笑死人了！」小強說完，看見老師從遠方走過來了，就趕快回到自己的座位上。

小嵐很想再把人鬼豬叫出來證明自己沒有胡說，可是還是決定忍住，不要浪費次數。

小嫻不理小強，轉頭跟小嵐說，「我姑姑說可能只是她自己的幻覺，因為這樣比較合理。可是以前老師有說過，『合理的不一定是正確的』，說不定真的是蘇格拉底假扮的，下課後我們一起去看看好不好？」

「好啊！好啊！下課後我就跟媽媽說要跟同學一起去孔廟玩。」小嵐回答。

結果，到了下課時間，一大群同學都說要跟小嫻一起去，最後就變成很多同學和家長一起去孔廟拜拜的活動。小強見大家那麼踴躍，故意說，「真無聊。沒意思！」

小嫻聽到小強這樣說便很生氣，覺得他很令人討厭。可是，小嫻忽略了「表面事實不一定是事實」。其實小強很想下課後和同學一起玩，但是每天都要趕回家和媽媽一起到夜市擺攤做生意。因為前一陣子，爸爸為了籌奶奶的醫藥費加入詐騙集團，還沒賺到錢就被警察抓了，家裡只靠媽媽賺錢，非常辛苦。

一到孔廟門口，小嵐又跑去那個草叢找奇怪的入口，可是一樣沒有發現，覺得實在很奇怪。只好和大家一起從大門走進去。

小嵐聽到小嫻的爸爸說，「孔廟和其他廟不一樣，不用點香，也不用燒紙錢給孔子。」

小嵐好奇問媽媽，「孔子很有錢嗎？為什麼不用給錢呢？」一邊問，一邊想著孔子每天都在數鈔票，然後說手好痠。

「嗯……，孔子好像不是很有錢。我也不太清楚。」媽媽回答。

小嵐隨處看了看，覺得沒什麼好玩的，就跑到旁邊拿出筆記本畫畫，她想畫孔子住在用錢做的房子裡，門口養了很多人鬼豬。但畫到一半，不知道孔子的長相，想起裡面有個雕像，就走進去仔細看。她看著看著，覺得樣子怪怪的，便說，「怎麼長得很像蘇格拉底呢？」

這時，身旁幾個人聽到小嵐說的話，也仔細瞧：「對耶！怎麼看起來像西方人？好奇怪喔！」

「原來真的是蘇格拉底在搞鬼！」小嫻正好在旁邊聽見了，想了想，突然大聲對雕像說，「蘇格拉底是全世界最笨的人！」她想看看這個雕像會不會有反應。

結果雕像竟然皺了皺眉頭。大家都看見了，驚呼，「這雕像好奇怪！」

更多人聽到後都跑了過來，想知道發生什麼事。但這時不知哪來的濃霧突然飄了過來，大家看不太清楚四周，也看不清楚雕像。過沒多久，霧散了，大家再仔細看雕像，晚到的人都說，「很正常啊！孔子就是長這樣的。」

「不不不！剛剛不是這樣！」之前有看到的人這樣說。

「哎呀！你們眼花了啦！哈哈！」人群逐漸散去。

「原因不一定是這樣！」小嵐又想起這句話，便說了出來。

小嫻接著說，「對啊對啊，這些人缺乏好奇心！明明已經遇到奇怪的事情，輕率推理會失去發現新東西的機會！」

一些人還是盯著雕像一直看，想看看會不會再有變化，但過了一陣子，都沒有任何反應，大家就猜想或許剛剛真的眼花了吧！人潮也逐漸散去了。

阿德小站

戴豬項鍊的人就和豬一樣笨？

哲學家鞋匠阿德說，「小強所說的，『戴豬項鍊的人就和豬一樣笨。』這犯了不當類比的謬誤。因為，就算豬真的很笨，也跟戴什麼樣的項鍊沒有關係。這是不能類比的。何況，豬其實是很聰明的動物。」

阿德小站

這算哪門子推理？

小嵐不想浪費次數呼叫人鬼豬，小強則說小嵐「真會牽拖」，這犯了什麼推理的錯誤呢？

哲學家鞋匠阿德說，「這犯了『輕率因果連結的謬誤』，小強很輕率的用『牽拖』來解讀小嵐的說法。如果小強學好思考，就應該要想『原因不一定是這樣』，說不定小嵐說的是真的。另外，『合理的不一定是正確的』，雖然小強的想法或許更合理，可是就算是最合理的，也不一定就是正確的，還是需要思考其他可能性。不要輕易下結論。」

合理的不一定是正確的

哲學家鞋匠阿德解釋說，這和「表面事實，不一定是事實」一樣，屬於「把合理當正確的謬誤」。人們常常找到一個合理解釋後，就把它當作是正確的，但很多時候不一定是那樣。

咦？這孔子雕像怎麼好像蘇格拉底……
被發現了……
神蹟……
這蘇格拉底太厲害了，用魔法變出白煙，又將孔子變回來了。
不好意思，今天烤香腸的火太大了，所以產生那麼多的白煙……

十二 蘇格拉底與莊子之樂

在孔子去拜訪老子的這段時間裡，蘇格拉底待在孔廟幫忙，祝福來求好運的信眾。為了聽清楚大家的心願，他進入孔子雕像裡，卻忘記假裝孔子的模樣。

由於大部分人不會仔細看雕像，所以沒差。偶爾，他還會回答幾句，像是小嫻姑姑聽到的：「不用念國語啦！多學希臘文。」或是，「讀哲學比讀四書五經有用！」有時還會說，「你都不努力怎麼可能會考上？求我也沒用！」有些人聽得到，也有些人聽不到。聽到的人都會嚇一跳，但大多以為是自己聽錯了。也有人覺得有神蹟，所以一傳十、十傳百，平時很少人來的孔廟突然冒出很多遊客。

當小嵐想畫孔子長相而仔細看雕像時，才發現跟她上次遇見的蘇格拉底長得很像。事蹟敗露之後，蘇格拉底一時慌張，不知該怎麼辦才好，幸好突然出現了一團濃霧。

「太好了！趕快乘機躲起來！」於是蘇格拉底離開孔子雕像，雕像就恢復成原來的樣子。「還好有濃霧，不然萬一讓人看見雕像突然變臉，會嚇死人的！運氣真好！」蘇格拉底自言自語。

「才不是運氣好！」孔子在旁說。

「哈哈！原來是你回來了，想不到你已經有呼風喚雨的本事，還可以變出濃霧！」蘇格拉底看見孔子很高興的說。

孔子搖搖頭，「不是我變的。我不會！是了解大自然變化之道的莊子弄出來的。」

一說完，蘇格拉底看見旁邊有個人，呵呵笑著。

「原來是道家宗師莊子來了，真是失敬失敬啊！」蘇格拉底說。

「我在老子那裡遇見孔子，他說你在這裡，我就想來找你比劃比劃！」莊子對蘇格拉底說。

「沒問題啊！不過你可能會輸得很慘喔！」蘇格拉底說。

「為什麼？」莊子好奇的問。

「因為我今年贏孔子的原因，是讓他承認自己不知道動物有沒有仁心，而你之前曾說『魚在水中游很快樂』，所以你也缺乏這個無知之知，不知道自己實際上不知道動物會不會感覺快樂。這麼一來，你不就輸定了嗎？」

「嘿嘿，你又不是我，你怎麼知道我不知道動物會不會快樂呢？你這不是犯了『以偏概全的謬誤』嗎？自己不知道動物會不會快樂，就以為大家都不知道動物會不會快樂。」莊子回答。

「哇！」蘇格拉底突然覺得遇上強敵了。他想了想，接著說，「我不是你，所以我不知道你是否知道動物會不會快樂，但你不是動物，所以你也不知道動物會不會快樂！」

「什麼？我當然是動物啊！我是人類，人類是動物，所以我是動物。這樣的推理沒錯啊！所以我知道動物會不會快樂。」莊子笑著回答。

「不對！不對！『意思不同，推理就錯』。這是『歧義的謬誤』。這裡說的『動物』不是指『動物這個種類』，而是指『那條魚』，人又不是魚，你也不是魚，所以你不知道那條魚是否快樂。」蘇格拉底趕緊辯解。

「怎麼又繞回來了？剛剛不就說了嗎？你又不是我，怎麼知道我

不知道那條魚很快樂？」莊子說。

「咦？怎麼又繞回來了！」蘇格拉底也很吃驚。

「哈哈，你們這不是在求知，已經變成純粹辯論輸贏，在比『詭辯術』了，這樣有什麼意義呢？」孔子突然來插話。

「哎呀！這種人生樂趣實在不是古板的孔子可以體會的啊！人生又不是光學習，還需要做點什麼沒意義但很好玩的事情啊！」莊子說。

「沒錯，沒錯。哈哈哈……」蘇格拉底也附和著。兩人既然達成共識就沒繼續辯了。原來真正的勝負對他們來說其實也不是這麼重要，重要的是享受辯論的樂趣。

「原來如此！」孔子體會了這點，認同這的確也是一種人生之樂。發覺自己又學會了新的東西，感到很高興，於是感嘆說，「真的是『學而時習之，不亦說乎』！」說完，拿出伴手禮，感謝蘇格拉底這幾天的幫忙，三人有說有笑、邊吃邊喝的度過愉快的下午時光。

詭辯術

哲學家鞋匠阿德說，「詭辯術是故意利用似是而非的謬誤來辯贏別人或是欺騙別人，不是追求真理的討論，所以在日常生活中很容易被人討厭。不過還是要看怎麼用。如果用在商業宣傳，就是很厲害的行銷策略；如果用在戰場上，就是很高明的兵法。」

莊子辯論魚之樂

哲學家鞋匠阿德把書攤開來給小妍看，他說，這個關於魚快不快樂的故事出自於《莊子・秋水篇》，原文如下——

莊子與惠子游於濠梁之上。莊子曰：「儵魚出游從容，是魚之樂也。」

惠子曰：「子非魚，安知魚之樂？」

莊子曰：「子非我，安知我不知魚之樂？」

惠子曰「我非子，固不知子矣；子固非魚也，子之不知魚之樂，全矣！」

莊子曰：「請循其本。子曰『汝安知魚樂』云者，既已知吾知之而問我。我知之濠上也。」

接著，阿德解釋原文的意思——

莊子和朋友惠子在橋上看魚游來游去。莊子說：「魚自由自在的游著，這就是魚的快樂呀。」

惠子說：「你又不是魚，怎麼知道魚快樂？」莊子回答：「你又不是我，怎麼知道我不知道魚快樂？」

惠子說：「我確實不是你，所以不知道你；但是你也不是魚，所以也不知道魚。」

最後莊子說：「我們回到問題的原點。一開始你說『你怎麼知道魚的快樂』這句話，實際上是你已經知道我知道魚快樂才問我的呀，現在我回答你，我是在橋上知道的。」

阿德解釋完，便問小妍，「妳覺得這場莊子和惠子的辯論，到底誰比較有理呢？」小妍一時想不出來，就說要再想想。

我知道魚是
快樂的……
你又不是魚，怎麼
知道魚是快樂的？
我雖然不是……魚，
但……我知…道魚……
是……快…樂……的！
看起來很好吃！

十二 逃獄事件

同學們一起去孔廟拜拜的那一天，好幾個同學看到孔子雕像皺眉頭，之後班上每天都在討論這件事。沒看到的同學也大多好奇跑去看，可是都沒再看到奇怪的景象。小強每次都插嘴說不相信，同學邀他一起去時，他也都說「好無聊！沒興趣！」幾次之後，就沒人再邀他了。

一個星期過後，小強連續三天沒來學校，大家都在問，「是不是生病了？」後來才知道他的奶奶過世了。大家這時才得知小強的家很窮，沒錢付龐大的醫藥費，他每天放學後都要跟媽媽去夜市擺攤賺

錢，所以都不能跟大家一起玩。

大約半年前，有人介紹小強的爸爸賺外快的機會，說是要幫身心障礙人士領錢，把存款簿的錢領光光，這樣他們以後就不用再這麼麻煩了，還說代領費很高。其實，小強的爸爸一開始也曾懷疑怎麼有這麼好的事情，可是因為急需用錢，何況介紹人是他的好朋友，家裡又有龐大的經濟壓力，就沒多想了。直到被警察捉到後，才知道自己被詐騙集團利用。

「剛開始就覺得有點奇怪，但因為是好朋友介紹，以為他不會騙我，就沒有好好思考，真是悔不當初啊！」在法庭上，小強的爸爸跟法官這樣說。雖然法官相信他是被利用的，沒判他重罪，可是因為沒抓到騙他的人，不能證明他是對的，所以還是把他關起來了。

然而，世事不如意，生病的媽媽等不到他出獄就過世了。在獄中收到通知時，感到非常難過，無法陪伴她走完人生的最後一段路。但再怎麼難過也沒有用，什麼都無法挽回了。

就在小強請假後的那個週末早晨，阿德帶著小嵐和小妍又去孔廟找入口，因為阿德有新的想法，「說不定要依照小嵐之前的走法才會看到人鬼殊途入口。」於是，他們先過馬路，繞到公園，再回頭，然後右轉走向草叢。阿德說，「這可能是一種迷宮密碼，一定要這樣走才能發現入口。」小妍和小嵐都覺得很有道理，雖然哲學理論說『合理的不一定是正確的』，可是總覺得應該就是這樣，不然就想不出其他答案了。

所以，大家很期待的蹲下來，翻開草叢。然後，「咦？怎麼有個大人躲在草叢裡面？」

小嵐雖然看到有人躲在那裡很驚訝，但她還是比較關心「人鬼豬途」，所以再往後看，仍然什麼也沒有。

「妳是小嵐！」躲在草叢的怪叔叔竟然說出小嵐的名字。小嵐仔細看了看，卻認不出他是誰。

怪叔叔接著說，「妳可以幫我叫小強來這裡嗎？我現在不方便出去。」

「啊！你是小強的爸爸！你不是被警察抓去關起來了嗎？」小嵐認出了這個怪叔叔，但她說話也太直白了。阿德和小妍在旁聽了，也嚇一大跳。

小強的爸爸知道不能隱瞞了，就解釋說：「今天是我媽媽的告別式，所以我利用外出勞役的時間逃出來，只想送她一程，結束後我一定會回去的。」

「原來是這樣。」阿德聽了說，「好，我幫你！可是，要怎麼幫呢？」

「只要幫我看看我家附近有沒有警察就好了。只要能讓我上一柱香，結束後被抓到也沒關係。」小強的爸爸說。

「好！你在這裡等著。」阿德說完，把自己的手機拿給他，接著說，「等我的通知。」

阿德開車載著小妍和小嵐，在小強家附近轉了轉。小妍說，「這樣是不是犯法啊？哲學家也可以做犯法的事情嗎？」

「這就叫做變通啊！」阿德說，「因為人家只是想要祭拜親人，又不是真的要逃獄，所以是可以的。」阿德說完，小妍又拿出筆記本寫下：「如果有好的理由，哲學家也可以犯法。」寫完又覺得有點奇怪，就問，「可是如果被抓到，這樣算是無罪嗎？」

「還是有罪！」阿德說。

「那這樣怎麼算是可以做呢？」小妍問。

「法律並不都是適當的，在特殊狀況下，也有不適當的時候。不過，為了正義，哲學家也要冒著違法的風險做該做的事情、說該說的話，就算被判刑也不改初衷！」阿德越說越是一副慷慨激昂的樣子，接著說，「就像蘇格拉底一樣，他做了該做的事，也說了該說的話，被判死刑也不後悔！歷史上就是要有這種人，人類才能進步！」

「原來蘇格拉底這麼了不起！」小嵐想像蘇格拉底跑到沒穿衣服的國王面前笑他身材很差，然後國王很生氣要殺蘇格拉底。

阿德開著車繞了幾圈，都沒看到警察，就叫小妍打電話給小強的爸爸。但小妍說，「『沒看見的不一定不存在』，說不定都躲起來了。」

「哈哈！沒錯，沒錯！幸好有妳的提醒，一緊張就容易犯下『訴諸無知的謬誤』。」於是阿德向小妍借了手機，下車到處看看。

小嵐也跟著下車，走到小強家門口，看見小強在裡面，就偷偷跑進去跟小強說他爸爸要回來拜拜，現在正在孔廟門口的草叢裡躲著。

小強聽了便趕緊騎著腳踏車出去。阿德再三觀察後，確定沒有警察，於是打電話給小強的爸爸，「沒問題！可以回來了！」

過沒多久，小強的爸爸騎著腳踏車，載著很開心的小強一起回家。小強的媽媽看到後也很高興的到門口迎接。但是，才剛到門口，一群路人突然衝上去抓他，原來有很多警察假裝路人埋伏在附近。

「我只是要上個香而已！讓我上個香再走！」小強的爸爸一邊掙扎一邊嘶吼著。但警察完全不理他，要把他拖進警車裡。

小強也衝上去想推開警察，但被一個警察踢倒翻滾好幾圈，差點摔進路邊的排水溝裡。小強的媽媽也嚇到在旁邊哭。

阿德、小妍、和小嵐看到這種情景，也愣在旁邊不知該怎麼辦。過一會兒，路邊衝出一隻巨大的野獸，發出怒吼，朝向警察狂奔，警察們聽到聲音後一回頭，看到大野獸狂奔而來，都嚇到趕緊跑，「媽呀！這是什麼東西啊！」

小強的爸爸一心想要上香，所以完全不管野獸，擺脫束縛後，直接衝進家裡。

小強坐在水溝邊卻看得很清楚，怪獸是小嵐叫出來的，怪獸的長相也和小嵐項鍊上的人鬼豬長得一模一樣，他想，「原來人鬼豬真的可以叫出來！」

阿德和小妍看到人鬼豬跑出來，就知道小嵐又把牠叫出來了。等到警察跑光，人鬼豬也消失了。他們就跟著走進小強家裡。

小強的爸爸在靈前哭著說，「我不應該去參加詐騙集團，就算沒辦法醫好病，至少也可以陪在妳身邊，還害妳丟臉。對不起！」

小嵐在旁聽了覺得很可憐，也跟著哭了。

過一會兒，小強的爸爸向大家道別，說要回監獄了，他叮嚀小強要好好照顧媽媽，還說小強是很棒的小孩。聽爸爸這樣說，小強也覺得自己責任重大，很了不起。

等到爸爸走了，小強走過來，向小嵐說，「對不起，之前說人鬼豬是胡思亂想，還說妳很醜，其實是因為我很喜歡妳，才故意這樣說的。」

「什麼？」突然被告白的小嵐嚇一跳。因為每次看到小強就會想到蟑螂，所以小嵐想像一大群蟑螂跑來跟她說，「喜歡妳！喜歡妳！喜歡妳！」便不由自主的雙手亂揮說，「不要！不要！」

這麼快被拒絕，小強只好尷尬苦笑。

雖然，小嵐覺得叫出人鬼豬讓小強的爸爸回家上香是件好事。可是，這樣就只剩一次了，擔心有一天人鬼豬會消失。「那以後都不要再呼叫牠好了，這樣就可以一直戴著人鬼豬項鍊了。」小嵐很高興想到這個辦法。

這算什麼謬誤？

小強的爸爸被埋伏的警察抓到，是因為阿德犯了什麼謬誤呢？

緊張壓力大時，很容易犯謬誤。一開始，阿德犯了「訴諸無知的謬誤」，以為沒看到的就不存在，沒有再仔細去找，幸好有小妍提醒他。可是，他忽略掉另一個謬誤：表面事實不一定是事實。他沒看到穿警察制服的，以為那些表面上看起來像路人的人實際上也是路人，沒有再謹慎思考，就犯了「把合理當正確的謬誤」了。

雖然只要關幾年，
但我還是要展現我
的越獄功力……
以前是撐竿跳
的選手……
學以致用
死刑犯區
救…救……命啊！
我下次不敢了…

十三

蘇格拉底的疑惑

阿德載著小妍和小嵐，開著車從小強家離開時，一隻貓正快速橫越馬路，阿德趕緊踩煞車。這一瞬間，突然有了靈感，「我知道要怎麼找到人鬼殊途通道了！」

「不是都試過了嗎？還有沒想到的方法啊？」小妍問。小嵐也很感興趣地注意聽。

「就是貓！」阿德接著說，「小嵐抱著貓過馬路後，身上留下貓的味道。這可能就是關鍵。」阿德又想了一下，推測說，「說不定是蘇格拉底喜歡貓，想帶牠們一起進去玩，就弄了那個通道。」

小妍點點頭，接著推理說，「但又擔心被人發現誤闖進去，所以才在入口放了一個『人鬼殊途』的牌子。」

「原來是這樣！」小嵐覺得很有道理。她還想像蘇格拉底在孔廟裡問貓咪很多問題，答對就可以得到一隻人鬼豬。可是貓咪不喜歡人鬼豬，所以就改成人鬼鼠，或是人鬼蛙，最後貓咪什麼都沒帶出來，因為都答錯了，牠們只會喵喵喵。「呵呵呵……」小嵐想著想著，又笑了起來，因為蘇格拉底問的問題她都答對了，所以感到很開心。

阿德和小妍看著小嵐呆呆的笑著，知道她又在放空了，只能表現出一副無可奈何的表情。

在另一邊，當蘇格拉底假扮完人鬼豬回到孔廟時，他坐下來想著，「這樣真的是對的嗎？」孔子這時正好送走莊子後回來，看見蘇格拉底一臉疑惑的神情，便問，「有什麼問題嗎？」

「幫助逃獄的犯人不被警察抓到。這樣對嗎？」蘇格拉底說。
「這個行為當然不對啊！」孔子很肯定的回答。
「可是逃獄犯只是想回家祭拜親人就會回去。這樣也不可以嗎？」
「嗯！幫助想回家上香的逃犯？」孔子想了想，接著說，「這行為雖不符合道德行為規範，但卻符合仁心，因為符合仁心比符合行為規範更重要，所以大致可以接受。」
「是啊，我也這麼覺得，而且事情的後果也不錯，因為他祭拜完就真的回去了。所以，從動機和後果來看，這件事情都是對的，雖然不符合行為規範，但問題並不大。只是，用人鬼豬嚇到平常辛苦工作的警察們，是有點不太好就是了。」蘇格拉底接著說，「不過，一定還有什麼地方不太對。可是想不出哪裡有問題，總覺得怪怪的，有一種內心不安的感覺。」

孔子笑了笑說，「只要問心無愧，就不用想這麼多了啦！」

這時另一個聲音突然插進來，「對呀對呀，只要是對的事情，就要勇往直前。就像孟子說的，只要想清楚是對的，就算千萬人擋著也要去做！」

孔子和蘇格拉底一起回頭，看見說話的人是自稱哲學家鞋匠的阿德，旁邊還跟著兩位美少女。人鬼殊途通道的祕密果然被阿德猜中了。

「他就是蘇格拉底！就是他給我人鬼豬的！」小嵐看見蘇格拉底後很高興的說。

阿德聽了趕緊跑來膜拜，「哇！哲學祖師爺駕到，有失遠迎。」

「呵呵呵，不客氣，不客氣。謝謝你的提醒，我想到是什麼讓我

感到不安了，其實就是剛剛你說的那個孟子的主張。」

「孟子說的哪有什麼問題！不愧是我的徒孫，提出很棒的理論！」孔子很高興有個很棒的傳人。

「不對不對！」蘇格拉底說。

「哪裡不對呢？」小妍很感興趣的問。

「『對的事情就去做！』這句話還可以，但只能要求自己，不能拿來要求別人。否則，萬一大家都叫別人犧牲自己，可是又不是每個人都能做到，反而會互相譴責，導致更糟糕的結果。這是第一個問題。」

大家都點頭同意。而且孟子和阿德這樣說的時候，也都是在講自己，所以並沒有什麼問題，只要這種觀念不被錯誤使用就好了。

「第二個問題比較嚴重！」蘇格拉底說。大家都很好奇有什麼嚴重的問題，所以盯著蘇格拉底。

「我問你們，當你們覺得對的事情就要去做時，是誰在決定什麼事情是對的或錯的？還不是自己想的！誰能保證自己的想法一定對呢？萬一想錯了，一意孤行，那不就更糟糕嗎？想想看，很多獨裁者都覺得自己做的事情很對，然後就不顧一切的強勢施行，結果害死幾百萬人，這就是可怕的地方。」蘇格拉底說。

「哇！那怎麼辦？」小嵐便想像有一個國王說人鬼豬不好，要沒收所有人鬼豬，於是脫口喊出，「不要拿走我的人鬼豬！」

孔子和蘇格拉底聽了覺得莫名其妙。阿德和小妍知道小嵐又胡思亂想了，於是小妍解釋說，「大概想到獨裁者跟她要人鬼豬吧！」

孔子和蘇格拉底聽到後都笑了。

阿德聽了覺得很有道理，「對耶！都沒想到有這個問題。不能因為自己覺得一定對就要做。萬一想錯就糟了。所以對於比較嚴重的事情，需要謹慎一點，最好多問一些人，等到比較確定後，才可以大膽去做，這也算是『訴諸無知的謬誤』。自己沒看到有什麼不妥時，不代表沒有問題。」

小妍趕緊拿出筆記本寫下來，「不要自以為對就去做，還要多問別人的意見。」

孔子也覺得有道理，所以他補充說，「越有智慧的人，越能判斷是非對錯，就比較不會有這種問題。所以，提升智慧是很重要的。」

「可是要由誰來判斷自己有沒有智慧呢？不能自以為有智慧就放膽做自以為對的事情，至少也要問問神明看誰最有智慧才行！」

「哈哈哈！」孔子大笑三聲說，「有理！有理！自己有沒有智慧也不能光靠自己判斷。」

「沒錯吧！呵呵。」蘇格拉底也很高興孔子贊成他，接著轉過頭來對三人說，「謝謝你們跑進來幫我找到問題所在。不過，人鬼殊途！人類還是不要進來比較好，等一下我會把通道封起來，而且人鬼豬的事情也鬧太大了，我會把大家關於人鬼豬的相關記憶都刪掉。」

阿德和小妍互相看了一下，也覺得或許這樣比較好。

「我不要！」小嵐說。

蘇格拉底看著小嵐，蹲下來輕聲跟她說，「其實人鬼豬是不存在的，那是我假扮的。本來打算假扮完三次才走，可是不行了，我臨時有事要回希臘去，所以以後也不能假扮了。這個項鍊妳可以留著，但以後不能再呼叫人鬼豬了。如果大家的記憶都消除，只有妳的沒消除，那大家都會說妳胡思亂想喔！」

「沒關係。」小嵐回答。

蘇格拉底點點頭，「好吧！」

話說完的一瞬間，阿德、小妍和小嵐出現在孔廟門口。

「奇怪！我們在這裡做什麼？」阿德說。

「對呀，好奇怪。」小妍接著說，「剛剛在小強家門口突然出現龍捲風把警察吹跑，是不是也把我們吹到這裡來了呢？」

小妍轉頭看著小嵐，只見她靜靜的沒說話。接著看到她的項鍊，「妳還帶著那個奇怪的豬項鍊啊！媽媽不是叫妳把奇怪的東西丟掉嗎？」

小嵐還是沒有說話。她想著，「大家真的都忘記人鬼豬了！」這時，在她的想像世界裡，很多人鬼豬在街道上跑來跑去，還會對人做鬼臉，可是都沒人理他們，就像不存在一樣。

周全的道德判斷

哲學家鞋匠阿德說，「當我們評論一件事情的是非對錯時，應該要從行為、動機、後果三方面都思考才會周全。如果三方面都是好的，就比較沒問題，但只要某一方面是不好的，就要注意了。就像有一天有個朋友介紹別人來我店裡買鞋，因為那一陣子生意不好，他就騙他朋友說我的鞋是全世界最棒的。雖然他的動機很好，想幫我，可是欺騙的行為是不好的，所以這就不一定好。不過因為他的朋友很滿意買到的鞋，所以後果是好的，這就讓整個事件變得比較好一點了。」

孟子的主張

哲學家鞋匠阿德說，「在《孟子》這本書的〈公孫丑篇〉第二章，孟子說『自反而不縮，雖褐寬博，吾不惴焉？自反而縮，雖千萬人，吾往矣！』意思是說，在處事上，如果自己無理，就算面對缺乏知識的鄉下人，也會覺得不安；但如果仔細思考後發現自己是對的，就算面對千軍萬馬，也一樣勇往直前。」

哲學大師，我會改過向善，請救我出去，見見我的老母親……
看到你這麼有孝心，想看看你母親。好吧！我來完成你的心願。
嘿，等你把我放出去了，我會乘機逃跑……
變……
老娘活到這把年紀都一直奉公守法，都是你這個不孝子，讓我進監獄……

十四 真真假假

當天晚上，小嵐開始感冒發高燒，夢裡一直出現人鬼豬，教她哲學、嚇跑壞人、還說要去希臘玩。過了三天，病情才好轉。小嵐病好起床後，看到放在旁邊的人鬼豬項鍊，感覺記憶有點模糊。因為過去她常常弄不清想像和現實，所以對自己的記憶也不太有把握，她想著，「到底哪些記憶是真的？哪些是作夢的呢？會不會全部關於人鬼豬的回憶，從頭到尾都只是自己胡思亂想而已？」不過，就算只是自己的想像，小嵐還是很喜歡這個來路不明的項鍊。

回到學校後，小嵐的注意力變得比較集中。上課也很少放空。雖然還是很喜歡胡思亂想，可是學習速度變快了，思考力也進步了，還常常跑去阿德店裡和小妍一起學哲學。因為，她想弄清楚究竟是自己胡思亂想，還是大家的記憶真的都被刪除了。

「之前是不是有通緝犯跑來啊？」小嵐問。

「對啊！怎麼這麼快就忘記了？」小妍答。

「幸好警察剛好進來就把他趕跑了。」阿德說。

「原來是警察，不是人鬼豬趕跑的。」小嵐有點失望。

「哈哈，又在胡思亂想人鬼豬了。」小妍說。

「那通緝犯還會再來嗎？」小嵐有點擔心。

「嗯，說不定喔！要當心點。」小妍說。

這時，阿德卻陷入了沉思，「怪了！真怪！為什麼我一直覺得通緝犯被嚇到不敢來了呢？如果只是警察剛好走進來把他嚇跑，應該還會再來才對啊！」

「對啊，我也覺得奇怪，為什麼我說『要當心點』，可是一點都不擔心。心裡面就覺得他一定不敢再來。這也是一種謬誤嗎？」小妍說。

阿德回答，「當思考和感覺不一致的時候，就會有這種現象。這很可怕，就像有些人賭博輸了，總覺得下一把就可以大贏，如果完全依賴感覺，很可能會一直賭到輸光光。這種時候一定要靠理智思考，才會想清賭輸的風險是很大的。」

「哇！好可怕！」小妍說。

阿德拿起電話，打給附近的派出所，想問問看有沒有抓到那個通緝犯。結果警察查了查資料，沒有任何警察在他的店裡發現通緝犯的紀錄。

阿德疑惑著放下電話：「怎麼可能沒有紀錄呢？」

「沒看到不代表不存在！要小心『訴諸無知的謬誤』。說不定真的有，只是沒找到而已。」小妍說。

「是這樣沒錯！可是還有一個問題，」阿德說，「通緝犯是怎麼進來的？為什麼我完全沒印象？」

「當然是從外面走進來的啊！」小妍說。

「可是那時我們在哪裡？」阿德說。

小妍想了想，也覺得有點怪，「對呀！如果我們在裡面，應該會有通緝犯進來的印象，可是感覺好像他先進來，我們三個才進來。這就表示我們三個一起去做什麼事情，可是為什麼完全想不出來呢？」

「因為我們一起去找人鬼豬啊！」小嵐說。

阿德看看小嵐，搖搖頭，但又點點頭，「雖然小嵐說的好像是胡思亂想，可是好像比較有道理。」

小妍也點點頭，並要小嵐再把關於人鬼豬的事情說一遍。

小嵐說完後，阿德想了想，這樣似乎可以解釋一些奇怪的事情了，「在小強家門口時，龍捲風突然出現把警察吹走，這實在很莫名其妙，而且如果我們是被龍捲風吹到孔廟，怎麼可能會完全沒印象，也沒受傷呢？」

阿德和小妍也都覺得這些事情其實都說不通。小嵐的想法雖然很怪，可是反而說得通。

阿德接著說，「哲學還有一個想法是：任何事情都是有可能的。無論多麼不可思議、離譜的事情，只要說得通，就可能是真的。所以，我們要有一顆開放的心，學習去思考與接納那些原本被我們認為很奇怪的事情。比方說，哲學有一種很奇怪的理論叫做『唯心論』，主張世界上所有的一切物質都是虛幻的，而靈魂才是真實存在的。這聽起來雖然很離譜，可是也有可能。」

小妍和小嵐趕快拿出筆記，記下新的哲學理論。

「還有什麼奇怪的理論嗎？」小嵐對奇怪的理論特別感興趣。

「哈哈，」阿德很高興有人問問題，「有啊！哲學有一大堆奇怪的理論，像『圓形監獄理論』，是說在文明社會裡，所有人就像住在一個透明的圓形監獄裡被其他人監督，所以大家都會害怕犯錯，也都擔心被別人批評。好處是大家互相監督，比較不會有人做壞事；壞處是生活壓力很大，感覺不舒服。所以有人喜歡住到山裡，想做什麼就做什麼，不必在乎別人的眼光。」

「大家都害怕被批評？」常被批評的小嵐想著這句話覺得很奇怪，因為她以為只有自己不喜歡被別人批評，接著問，「害怕被批評

的人也會去批評別人嗎？」

「大家都會去批評別人啊！」阿德回答。

小嵐想著自己有沒有批評別人，「好像也有。」因為她有時會批評老師出太多作業。

「啊！好奇怪！怕被批評的人為什麼要去批評別人呢？」小妍也覺得很奇怪。

「這就是文明社會的各種價值觀造成的啊！文明帶來很多好處，可是也會有壞處。如果要保持好處而減少壞處，就盡量不要批評別人。看到別人做了什麼不得體的事情時，要多一點寬容心。」阿德解釋說。

「可是這樣不就會讓犯錯的人繼續犯錯嗎？」小妍說。

「嗯，有需要時可以規勸朋友，但不要批評。被批評的人有時反而更不想改變。」阿德說。

「對耶！」小妍說，「之前在街上有人罵我騎腳踏車騎太快，我就很生氣，結果騎更快！」

「哈哈！沒錯，越批評反而越糟糕。不懂用大腦思考、只會用嘴巴思考的人，才會做這種事。」阿德說。

聽到阿德這麼說，小嵐又開始胡思亂想。她想像用嘴巴思考的人咬著鉛筆在做數學習題，於是喊了一句，「哇！好厲害！」

「呵呵，還好啦！」阿德以為小嵐在稱讚他，「那我們再好好想想，看有沒有辦法證明人鬼豬是真的存在！」

任何事情都是有可能的

哲學家鞋匠阿德說，「這種哲學精神很重要，因為在歷史上，很多事情看似不可能，但後來都被證明是正確的。就像以前人們不相信地球繞太陽走，因為明明就看到太陽繞地球走，而且也感覺不到地球在快速移動。但要先有一顆開放的心，好好思考各種可能性，就會發現，有些事情感覺上雖然不對，但卻很合理。雖然合理的不一定就是正確的，可是越合理，正確率越高，就需要更重視這些想法了。」

唯心論

哲學家鞋匠阿德說，「唯心論的想法就像在玩線上遊戲，整個世界就是電腦程式，我們看到的、聽到的，都是電腦程式的運作，一切都不是真實存在事物，只有玩遊戲的心靈，是真正存在的。」

圓形監獄理論

哲學家鞋匠阿德說，「這是哲學家傅柯提出來的想法。這種圓形監獄只能從外面看進來，不能從裡面看出去。因為是圓形的，所以四面八方都可以看進去，沒有死角。但是不管外面到底有沒有人在看，裡面的犯人都會覺得自己在被人監視，就像在社會上生活的時候，感覺所有的人都互相監視一樣。」

小嵐，謝謝妳叫我人鬼豬，我要走了，
我是不屬於這個時空的……
穿越時空！
豬八戒，我是師兄悟空啊！
師父在找你呢……
不要再罵我
豬八戒了！
我說錯了嗎？

十五 通緝犯的回憶

隔天，阿德傳簡訊給小妍和小嵐，說他已經證明人鬼豬是真的了。下課後，小妍和小嵐都很期待地跑到阿德鞋店，小嵐甚至想像阿德捉到一隻人鬼豬說，「看吧！人鬼豬在這裡！」

小妍和小嵐走進阿德店後，發現裡面還有一個人，仔細一看竟然就是上次那個通緝犯。兩人嚇了一跳，以為阿德被他捉住了，想要趕快逃跑。但阿德叫住他們說，「不用怕，通緝犯不是來找麻煩的。」

通緝犯點點頭說，「我不是壞人啦！我會被通緝，是因為我騙了很多人去幫詐騙集團領錢，所以警察要抓我。可是我也是被騙的。」

「小強爸爸也是被你騙的喔？他很可憐。」小嵐說。

「我知道啦！我也很對不起他。我上次來就是希望阿德可以賠我錢，讓我把錢賠給小強他們家。」通緝犯說。

「你去自首，法官就會放小強的爸爸了啊！」小嵐說。

「可是我也是被騙的！我還一直以為是在幫忙做善事，不然也不會找小強的爸爸一起做，我們是好朋友呀！可是法官一定不相信，除非可以抓到詐騙集團，不然我也不敢去自首，但我沒見過他們，也不知道他們在哪裡。」通緝犯說。

「原來是這樣，」小妍說，「原來小強的爸爸其實沒有信任錯人，只是信任的人其實也被騙了，所以才遭殃。」

阿德點點頭，接著說，「對啊！有時值得信賴的朋友告訴我們一些事情，就算朋友不打算騙人，也不表示這些事情就是正確的。所以不管訊息來源是不是值得信任，還是要對訊息本身再多做思考才行。不能因為說話的人可以信任，就以為說出來的話是對的。」

「對啊！我以前沒有好好學習思考，結果害了信任我的人被騙，真的很慚愧。所以，我想問問看上次在這裡看到的那隻大怪獸是不是可以幫我找到詐騙集團的人，這樣不僅可以洗清我和小強爸爸的冤屈，還可以避免其他人被陷害。」通緝犯說。

「什麼？」小妍非常驚訝，「你記得人鬼豬的事情？小嵐不是說大家的記憶都被刪除了嗎？」

小嵐聽了也很高興，想不到除了她之外，還有人記得。

阿德笑了笑，接著說，「沒錯吧，這可以證明人鬼豬是真的。」

「其實我原本也忘記了，以為是警察進來把我嚇跑的。」通緝犯說，「可是越想越不對，因為我空手道四段、柔道五段、跆拳道六段，加上劍道七段，一個警察怎麼可能嚇到我？之前是一群警察跑來捉我，我才跑給他們追的，而且就算鞋子破了被他們追到，也捉不住我，最後還是被我掙脫逃走。我怎麼可能會被一個警察嚇跑呢？這一點都不合理。後來一直想、一直想，終於想起一個大怪獸。」

「是人鬼豬！」小嵐打岔，因為他不喜歡人鬼豬被說是大怪獸。

「對！的確是長得像人又像鬼的豬！」通緝犯接著說，「我想，說不定這個神奇的人鬼豬和神奇的神仙一樣可以幫我找到詐騙集團，所以就鼓起勇氣來問問看。」

「這是『不當類比的謬誤』。」小妍說。

阿德點頭說，「小妍越來越會舉一反三了」，接著解釋，「人鬼豬雖然和神仙一樣看起來很神奇，但用類比推理出牠具有和神仙一樣的法力，這樣的類比是不恰當的，因為『看起來很神奇』跟『有沒有法力』是沒有關聯的。」

「原來沒辦法啊！」通緝犯好失望。

「而且也沒辦法再叫出人鬼豬了！」小嵐失望地說。

「可是你可以跟我們討論平時怎麼跟詐騙集團聯絡，我們都有學習哲學推理，說不定可以幫你找到他們。」小妍說。

「對呀！對呀！」小嵐也附和著。因為他希望趕快抓到詐騙集團，然後小強的爸爸就會被放出來了。

「好啊！可是，他們都是用電話和我聯絡。」通緝犯把手機拿出來，想把簡訊秀給大家看。這時，手機正好響起了。通緝犯看了螢幕嚇了一跳說，「是詐騙集團打來的！」

「喂。」

「你跑去鞋店做什麼？要告密嗎？」

「哈哈，不是啦！我是來買鞋的！」

「買鞋為什麼講這麼久？」

「因為沒有我的尺寸啊！只好訂做，所以要討論樣式。」

「哼！待在那邊別走！我等一下拿新的資料給你，只剩下你可以幫忙領錢。人都被抓光了！最近警察捉很凶，錢要盡快拿到才行。」

電話掛掉後，通緝犯說，「詐騙集團這次要親自拿資料給我，要我在這裡等。怎麼辦？」

「要叫警察嗎？」小妍說。

「不行！他現在正在監視這裡，如果現在打電話會很可疑，說不定就不來了。我自己先抓了他，再帶著他一起去警察局自首好了。」通緝犯說。

「他不會騙我，所以他說的是對的」對嗎？

哲學家鞋匠阿德解釋說，「這種推理上的錯誤常常發生。就像老師、科學家、父母基本上都不會騙我們，可是這不代表他們說的就一定是對的。因為說不定他們被別人騙了，也可能是自己想錯了。就像當父母或當老師的，常常會跟小孩說，『我是為你們好！』就算心態真的是為別人好，也不表示做法就是對的。每個人都可能會有錯誤知識而不自知，所以需要再多思考，以及多跟專家請教，最好再多問別人意見，這樣比較妥當。否則如果搞錯了，不僅沒幫到人，還可能會害人。就像那個通緝犯想幫小強的爸爸，結果越幫越忙。」

我可以證明人鬼豬是存在的……
太好了！
這通緝犯已經改邪歸正了，他有親眼見到人鬼豬喲！
小妹妹，其實我是《西遊記》的忠實讀者，是否可以麻煩妳將牠召喚出來……
我想請豬八戒幫我簽名留念……
西遊記

十六 一網打盡

一個陌生人走了進來，手裡拿著一本筆記本，遞給了通緝犯。通緝犯擔心詐騙集團身上有槍，所以馬上就想動手捉住這個詐騙集團成員。

這時，小妍突然想到這裡說不定有推理謬誤，就趕快對通緝犯說，「先生，請等一下！」然後寫了一張字條拿給通緝犯，「您看看這樣的樣式對不對？」

通緝犯打開字條，上面寫著：「表面事實不一定是事實。他說不定不是詐騙集團成員。要當心！」

這時阿德也想到了小妍的疑慮，所以就故意跟剛走進來的人說話，「先生也想要訂做鞋嗎？」

「不是不是！剛剛有個人給我兩百元要我拿這本筆記本給這位先生。只是這樣，我要走囉！」說完，這個人就要離開了。

通緝犯聽到這個人說話的聲音後，發現和那個聯絡人的聲音不一樣。心想，「想不到詐騙集團這麼狡猾，幸好沒有立刻行動。可是這要怎樣才能抓到人呢？」

「不對！快捉住他！」小妍大聲說。

通緝犯聽了很快衝上去把那個人抓住了，他一臉疑惑的看著小妍。

小妍說，「差點被他騙了！」

「哈哈，沒錯！沒錯！」阿德也想到了問題所在，並讚美小妍反應比他還快。

「我只是幫忙拿東西的，不關我的事啊！」那個人很緊張的說。

阿德笑了笑說，「從外面看裡面是看不清楚的，你怎麼知道筆記本要給誰呢？你一進來完全沒問問題，也沒東張西望，直接就把東西遞給他，很明顯你早就認識他了。」

「對啊！你怎麼知道筆記本是要給我的？」通緝犯恍然大悟的說。

「可是我的聲音和跟你聯絡的人又不一樣！」那人說。

通緝犯聽了覺得很有道理，便說，「啊！對呀！不是他，因為聲音不一樣。」

小妍推理說，「可能是用變聲器，也可能是詐騙集團同夥。而且，如果他只是隨手花兩百元找來幫忙的路人甲，又怎麼知道你都只是用電話跟他們聯絡的呢？」

通緝犯聽了哈哈大笑說，「果然推理能力強就是不一樣，你越描越黑了！越說就越確定你就是詐騙集團成員。先把你抓去警察局，再讓你招出其他人，就可以把你們一網打盡，永除後患。」接著回頭跟阿德說，「可以報警了！」

通緝犯一說完，那人馬上露出邪惡的表情，並且吹了口哨。這時，有三個人走進來，隨即把門關上，從衣服裡掏出槍來。其中一人說，「把老大放開！」通緝犯看著三個人與三把槍，想想實在沒辦法對抗，搖了搖頭，只好放開他了。

原來這個人竟然是詐騙集團首腦。可惜阿德還沒來得及打電話報警。

「糟糕！怎麼辦？」小妍想著，轉頭看著小嵐的人鬼豬項鍊。

小嵐嚇到忘了已經無法叫出人鬼豬，還是很緊張的立刻呼叫牠，「人鬼豬是全世界最有智慧的豬！」然後等待人鬼豬像之前一樣大吼跑出來，再把他們統統嚇跑。但可惜沒有任何動靜。只好趕快再唸一遍，但還是沒反應。再唸，依然沒有任何人鬼豬的影子。

小嵐以為是自己講錯密碼，所以又說了一次，「人鬼豬是最有智慧的豬！」「人鬼豬是最聰明的豬！」最後還說，「蘇格拉底是最有智慧的豬！」可是不管怎麼說都沒有用。

「給你工作竟然還背叛我，真是太可惡了！既然被你們看到我們的真面目，也不能讓你們活著離開！」詐騙集團老大說。

這時，通緝犯立刻跑向前說，「跟他們無關！」

小嵐看了好感動，想不到通緝犯這麼勇敢。

「嘿嘿，挺勇敢的。可是沒辦法，我也不喜歡殺小孩啊！都被他們看見我們的長相，哪能讓他們去跟警察說！」詐騙集團老大也掏出手槍，對其他成員說，「剛好四對四，一人瞄準一個，一起開槍，這樣就不會引起太大的注意，我們趕快解決，離開這裡。我數到三！」說完開始倒數，「一、二——」

就在詐騙集團老大要數三的時候，牆邊突然一聲巨響，大家轉頭看過去，人鬼豬竟然跑出來了！瞬間，沒見過人鬼豬的詐騙集團全部嚇一大跳，直覺就朝人鬼豬開槍，但人鬼豬只是幻影，根本什麼也打不到。趁著這個空檔，通緝犯用跆拳道加上空手道再加上柔道迅速把四人打倒在地上，因為攻擊速度太快了，加上人鬼豬出來時還帶著一團霧氣，詐騙集團還以為被怪獸攻擊，所以嚇破膽躺在地上哇哇叫。通緝犯也很快的搶走他們的槍，阿德趕快拿繩子把他們的手腳都綁起來。不過其實這根本多此一舉，因為他們都骨折了，根本沒辦法跑。

「哈哈！詐騙集團全部抓住了！」通緝犯開心大笑。

阿德立刻拿起電話報警。

小嵐傻傻地看著還沒消失的人鬼豬，剛剛太緊張被嚇到哭了出來，邊哭邊說，「怎麼這麼慢！」她忘記其實已經不能再呼叫人鬼豬了，應該要很奇怪為什麼人鬼豬還會出現才對。

小妍比較鎮定，「蘇格拉底不是回希臘了嗎？」

「對呀！」人鬼豬說。

「那你是？」小妍問。

「我是他的好朋友！」說完，人鬼豬變成了孔子，接著說，「『人而無信，不知其可也』。人不可以沒信用，沒信用的人根本無法做大事！既然一開始答應可以叫三次就是三次，一次也不可以少。那天你們走了以後，我就這樣跟蘇格拉底說，可是因為他非離開不可，所以第三次只好找我幫忙了。」

「原來是這樣！」小妍和阿德都點點頭。哭到一半的小嵐便說，「那為什麼這麼慢？」

「哈哈！對不起，我一向很重視服裝禮儀，沒有穿著端莊是不能出門的，所以換件衣服，慢了點。」孔子說。

「那這次遲到不算，下次還可以再呼叫一次才對！」小嵐說。

「蛤？」孔子想不出有什麼好理由拒絕這個要求，只好說，「好吧！好吧！誰教我要遲到呢！」

「耶！」小嵐開心的叫了出來。不過她心裡想著以後都不要再呼叫人鬼豬了。因為蘇格拉底說過，三次用完後人鬼豬項鍊就會消失，既然這次不算，那就還有一次。只要不再呼叫，就可以一直保有它了。

過沒多久，警察跑來抓到通緝犯和詐騙集團，便說阿德立了大功。但阿德說其實是通緝犯的功勞。在法庭，通緝犯承認騙了小強的爸爸，所以過沒幾天，小強的爸爸就放回來了。小強和他的媽媽都很高興。詐騙集團卻在法院一直說，「豬！豬！豬！」法官聽了很生氣，以為在罵他，所以每個人都判了重罪。

回家後，阿德說，「法官的做法不對！該判多久就判多久，不能因為被罵就判得更重一點，這樣就不算公正的執法者了。」

「可是這樣很令人開心啊！」小妍說。

「不行，這種時候最重要的是司法正義，法律不是為了人們的高興。」阿德說。

「可是存在主義說，有時感覺比理論更重要。」小妍說。

「這個嘛，」阿德突然不知怎麼接下去，只好說，「這種時候就不應該管存在主義了。」

「為什麼？」小妍問。

「這個……這個……」阿德回答不出來，只好說，「等下次蘇格拉底來再問他好了！」

人而無信，不知其可也

哲學家鞋匠阿德說，「在《論語．為政篇》第二十二章，子曰，『人而無信，不知其可也。』也就是說，信用是做人處事非常基本的要素，如果缺乏信用，就無法獲得別人的信賴，想做什麼大事業也很難成功。所以，要注意，只要答應的事，就必須盡可能的完成，絕不輕易改變。另外，如果是不容易做到的事，或者並非真的很有心想去做的事，就不要輕易開口，以免到時做不到，反而被人看作是不守信用的人。」

如何做到公正？

哲學家鞋匠阿德說，「公正是客觀思考後的做法，不能依賴個人情感。例如，對於得罪老師的學生，或是老師喜歡的學生，該給什麼成績，就給什麼成績，完全不受個人情緒影響，這就是公正。如果自己是法官，對於討厭的人，以及對於自己的好朋友，該如何審判就如何審判，這才算公正。雖然現實社會中很難做到完全公正，不過每個人都應該盡力要求自己做到。」

何時可以靠感覺，而不靠理論做事？

蘇格拉底對阿德、小妍和小嵐解釋說，「對於比較無關緊要的事情，可以不用這麼嚴肅。就像孔子要去救人，就不用這麼在乎服裝了，不然若慢了一步，不是更糟糕（這時孔子在旁插話說，因為他知道來得及，所以才會先換好衣服的）。但有些事情就比較沒關係，例如，自己當壽星在切蛋糕時，故意把比較好吃的部分切給暗戀的對象，或是故意切比較大塊一點，這雖然不公平，可是就算大家知道，也只會在旁邊偷笑而已，不僅無傷大雅，還能增進生活樂趣。類似這種時候，就可以靠感覺做事，而不用太在意什麼哲學理論。如果連這種時候都還要注意公平公正，那這樣的人就會讓人覺得很古板無聊了。」當蘇格拉底說最後一句話時，還意有所指的轉頭看著孔子。但孔子只是不慌不忙的拍拍衣服上的灰塵，裝作什麼也沒看到。w

終於把你們這些詐騙集團一網打盡。你們不配當人類！
變成蒼蠅……
哈……抓不到
抓不到……
什麼一網打盡……

國家圖書館出版品預行編目資料

鞋匠哲學家和放空小嵐 / 冀劍制著. -- 初版. -- 臺北市：
幼獅, 2018.05
面； 公分. -- (故事館；55)

ISBN 978-986-449-113-1(平裝)

859.6 107004686

故事館055

鞋匠哲學家和放空小嵐

作　　者＝冀劍制
繪　　者＝任華斌
出 版 者＝幼獅文化事業股份有限公司
發 行 人＝李鍾桂
總 經 理＝王華金
總 編 輯＝劉淑華
副總編輯＝林碧琪
主　　編＝林泊瑜
編　　輯＝朱燕翔
美術編輯＝李祥銘
總 公 司＝10045臺北市重慶南路1段66-1號3樓
電　　話＝(02)2311-2832
傳　　真＝(02)2311-5368
郵政劃撥＝00033368

印　刷＝崇寶彩藝印刷股份有限公司
定　價＝250元
港　幣＝83元
初　版＝2018.05
書　號＝984224

幼獅樂讀網
http://www.youth.com.tw
e-mail:customer@youth.com.tw
幼獅購物網
http://shopping.youth.com.tw/

行政院新聞局核准登記證局版臺業字第0143號